KB078177

기적의 연출 6

서산화 장편소설

초판 1쇄 찍은 날 § 2017년 2월 21일
초판 1쇄 펴낸 날 § 2017년 2월 28일

지은이 § 서산화
펴낸이 § 서경석

편집책임 § 김슬기
편집 § 조현우

펴낸곳 § 도서출판 청어람
등록번호 § 제387-1999-000006호
등록일자 § 1999. 5. 31
어람번호 § 제1-2637호

주소 § 경기도 부천시 부일로 483번길 40 서경B/D 3F (우) 14640
전화 § 032-656-4452 팩스 § 032-656-4453
http://www.chungeoram.com
E-mail § chungeorambook@daum.net

ISBN 979-11-04-91217-7 04810
ISBN 979-11-04-90993-1 (세트)

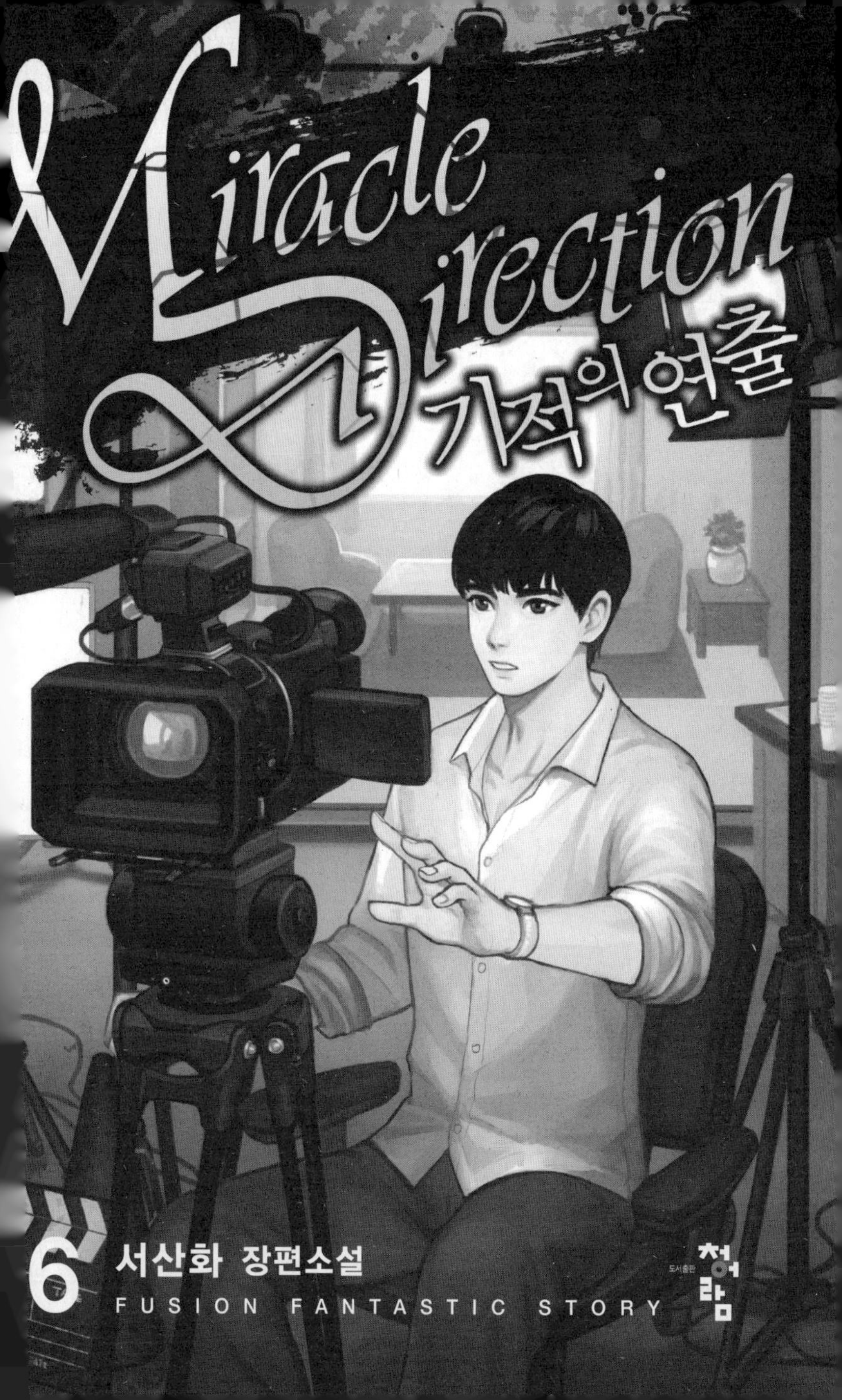
Miracle Direction
기적의 연출
6
서산화 장편소설
FUSION FANTASTIC STORY
도서출판 청람

Contents

Chapter 1
할리우드 극장가를 습격하다ㅣ

이후에도 리나 프라다는 이름값을 톡톡히 했다.

돋보이는 그녀를 보며 지호는 지원과 같은 고민에 빠졌다.

'경험치를 극복할 수 있는 방법이 없을까?'

그날의 촬영이 끝날 때쯤, 그는 한 가지 대안을 생각해 냈다. 그리고 촬영이 끝난 후 지원에게 말했다.

"잠깐 얘기 좀 하자."

리나가 분장을 지우고 엑스트라들은 급여를 지급받았으며, 스태프들이 실내를 정리했다. 그사이 지호와 지원은 극장 뒤편으로 나가 인도를 걸었다.

"리나의 연기를 본 소감이 어때?"

지호가 먼저 물었다.

그에 지원은 짧게 답했다.

"압도적이었어."

목소리에 그녀가 느낀 감정이 고스란히 녹아 있었다.

때문에 어떠한 설명도 필요치 않았다.

잠시 침묵하던 지호가 입을 열었다.

"너도 알다시피 두 사람이 정면으로 연기 대결을 펼쳐야 하는 장면이 있어. 그때 리나의 기에 눌리지 않으려면 특별한 방법이 필요할 것 같아. 네 생각은 어때?"

"나도 그렇게 생각해. 노력으로 커버하기에는 시간이 부족할 것 같아서 문제지."

지원은 답답한 표정으로 읊조렸다.

연기는 기술적으로 꾸준한 노력이 필요한 공부다. 그리고 현장은 준비한 모든 것을 쏟아 내는 곳이다. 따라서 단숨에 벌어진 격차를 따라잡기란 힘들었다.

그 점을 감안한 지호가 고개를 끄덕이더니 답했다.

"연기는 그렇지만 피아노로는 기를 눌러줄 수 있지 않겠어?"

지원은 어릴 적에 피아노를 배운 적이 있었다. 더욱이 이번 역할로 옛 실력을 어느 정도 되찾은 상태였다.

지호는 그 점을 꼬집어 덧붙였다.

"초심자는 해내기 힘든 뭔가를 보여줘. 그것만 해주면 내가 힘을 실어볼게."

"초심자는 해내기 힘든 것……."

지원은 나지막이 중얼거렸다. 하지만 당장은 그게 뭔지 알 수 없었다.

"레슨해 주시고 있는 선생님한테 한번 여쭤볼게."

"오케이."

지호는 걸음을 멈추고 택시를 잡았다.

"먼저 들어가. 난 현장에 돌아가 봐야 해."

"오늘 고마워."

말하는 지원의 두 볼이 붉었다.

그녀가 택시에 오르자 지호가 문을 닫으며 말했다.

"리나 프라다가 아역부터 많은 현장 경험을 해온 톱스타란 건 변치 않지만 너도 그에 못지않게 좋은 배우야. 그리고 앞으로 더 좋아지겠지. 이 사실 역시 변치 않아."

"실망시키지 않을게."

빙그레 웃은 지원이 택시 기사에게 말했다.

"라마다 호텔로 가주세요."

이내 택시가 출발했다.

지호는 왔던 길을 돌아갔다.

현장에는 분장을 지우고 맨 얼굴이 된 리나가 기다리고 있었다. 무대에 기대어 있던 그녀는 지호를 보더니 선글라스를 쓰며 말했다.

"인사하려고 기다렸어요."

"영광이네요. 오늘 수고 많았어요."

"촬영 내내 제 상대역 배우가 와 있던데요?"

"아… 본인이 참관하길 원해서요."

지호의 대답을 들은 리나가 씨익 웃었다.

"기대하고 있어요. 감독님이 데려온 한국 여배우와의 연기 호흡."

"기대하셔도 될 겁니다."

"좋아요. 그럼 전 이만 가볼게요."

리나는 자유로움이 느껴지는 어조로 말하며 몸을 움직였다.

"다음 촬영 때 봬요. 감독님."

"네, 리나. 조심히 들어가요."

리나와 인사를 나눈 지호는 그녀의 뒷모습에서 눈을 떼며 지혜에게 물었다.

"엑스트라들도 다 빠졌네요? 철수 작업도 벌써 끝난 거에요?"

"너 꽤 오래 있다 왔어."

지혜는 흥미로운 표정을 띠우며 물었다.

"지원이랑 데이트가 제법 즐거웠나 보네?"

"데이트는 무슨 데이트예요? 할 말도 있고 해서 잠깐 산책한 것뿐이에요."

"강한 부정은 긍정이지. 쓸데없는 농담에 일일이 변명하는 성격 아니잖아?"

그녀는 한 번 더 지호를 놀려먹었다.

그러자 피식 웃은 지호가 고개를 저으며 화제를 돌렸다.

"됐어요, 누나. 그나저나 다음 촬영 때 연출에 신경 좀 써야겠어요."

"그래, 뭐… 우리가 언제는 신경 안 썼니."

중얼거린 지혜는 또다시 짓궂은 미소를 지으며 덧붙였다.

"당연한 소리로 말 돌리는 걸 보면 더 수상한데?"

*   *   *

첫 촬영이 끝난 뒤.

연출팀은 한 달 동안 지원과 리나 파트를 병행해 가며 촬영했다.

그사이 지원은 연기보다 피아노 연습에 중점을 두었다. 피아노 실력이 늘면 본능적으로 깊은 연기가 나올 거라고 판단한 것이다. 그녀의 실력은 자연스레 계속 늘었지만 리나 역시 놀고만 있던 것은 아니다.

리나는 무서운 속도로 실력을 늘리며 피아노 초심자의 허물을 벗고 있었다. 이제는 한 곡에 국한된 실력이 아닌, 피아노 자체를 배우며 이해하고자 하고 있었다. 연기가 흉내에서 머물지 않게끔 하기 위해서였다.

두 여배우를 보며 스태프들은 혀를 내둘렀다.

"밤낮 구분 없이 매달리는 신인 배우나 끝없이 노력하는 톱스타나 대단하다, 대단해."

오죽하면 한 가지 해프닝이 있었다.

리나와 지원 모두 무리한 연습으로 손목에 미세한 금이 간것이다. 연기에 직접적인 지장은 없었지만 통증을 수반해야 했다. 결국 한동안 연습을 쉬어야 하는 상황이 펼쳐진 것이다.

여기서 지호의 센스가 발휘됐다. 그는 여배우들의 연습 장면을 단 한 컷도 놓치지 않으려 했다. 어떤 연출도 가미되지 않은 날것 그대로의 장면들이었기 때문이다.

지호는 한동안 매일같이 여배우 호텔방에 머무르며 이러한 장면들을 카메라에 모조리 담아 편집실에서 하나의 몽타주 시퀀스(Montage sequence)로 묶었다.

몽타주 시퀀스는 다각적인 이미지들을 페이드, 컷, 디졸브로 전환해 시퀀스의 정서적 충돌을 일으키는 기법이었다.

이 기법은 영화 〈갱스 오브 뉴욕〉에서 세월의 흐름에 따라 변화된 뉴욕의 발전상을 보여줄 때나, 〈록키〉에서 큰 시합을 앞두고 훈련하는 실버스타 스텔론(Sylvester Stallone)의 모습을 보여줄 때 쓰이기도 했다.

물론 처음에는 여배우 쪽에서 거부감을 표기하기도 했었다.

경악한 리나가 물었다.

"이 방에서 일주일만 지내겠다고요?"

그러나 지호는 태연하게 대답했다.

"〈트루먼 쇼〉에서처럼 촬영이 끝나면 이곳이 하나의 세트장이 되는 거예요. 평소처럼 자고, 씻고, 일어나고, 연습하면 됩니다."

"맙소사."

리나는 입을 딱 벌렸다. 여배우와 한 방에서 먹고 자겠단 말을 저렇게 해맑은 얼굴로 하는 감독이라니.

'하긴, 스위트룸이니까.'

내부는 서너 명이 지내도 될 정도로 넓었다.

거실과 분리된 방만 두 개다.

그래도 여전히 문제는 남아 있었다.

"누구 눈에 띄어서 스캔들이라도 터지면 어쩌려고요?"

"감독과 배우가 합심해서 보다 멋진 영화를 만들기 위해서 노력하겠다는 취지인데… 역시 문제가 되겠죠?"

어색하게 웃으며 말을 우회한 지호는 고민 끝에 한 가지 대안을 생각해냈다.

"밤에는 앤 로버츠에게 카메라를 넘길게요."

그러자 리나가 물었다.

"지혜 언니는요?"

"지원이한테 붙었어요."

대답한 지호가 빙그레 웃으며 덧붙였다.

"아침이나 낮에는 제가 와서 촬영하게 될 거예요. 리나 씨와 지원이에게 교대로 방문하겠죠."

리나는 일순간 현기증이 났지만, 열성적인 여배우답게 그의 제안을 승낙했다.

"좋아요. 그렇게 하죠. 뭐, 만약에 구설수가 생기더라도 노이즈 마케팅 효과를 톡톡히 볼 테니 나쁠 거 없어요."

그녀 말을 들은 지호가 물었다.

"진심이에요?"

"아뇨."

단호하게 답한 리나가 말을 이었다.

"그래도 긍정적으로 생각해야죠. 카메라 앵글에서 신경 끄고 평소대로 사실적인 모습을 보여주려면."

이처럼 감독과 배우들이 단합한 덕분에 한 톨의 시간 낭비도 없이 두 달이 흘렀다.

그리고 드디어 클라이맥스 촬영 날이 다가왔다.

다시 연주회장에 들어선 스태프들과 배우들은 눈코 뜰 새 없이 바빴다. 스태프들은 한층 노련해진 손길로 조명과 소품을 설치했고, 배우들은 우아한 드레스를 입은 채 메이크업을 받았다.

한편 지호는 조연출 지혜와 나란히 서서 무대를 보며 의논을 하고 있었다.

"먼저 촬영할 리나는 써치 업으로 찍을 거예요."

써치 업(Search up)은 대상을 묘사하기 위해 사용되는 기법이었다. 카메라는 배우의 몸을 따라 위로 움직이고 마침내 얼굴에서 멈추며 대상이 누구인지를 드러낸다.

어깨를 으쓱인 지혜가 대답했다.

"나쁘지 않은 선택이야. 흑조를 연상케 하는 배역이니 의미심장한 것도 괜찮지."

이어 지호가 재차 입을 열었다.

"중요한 건 지원이에요. 지원이 등장에서 웍 리빌 프레임 방식으로 촬영할까 생각 중이에요."

웍 리빌 프레임(Walk reveal frame)은 독창적인 전환 기법이었다. 이는 배우가 카메라 렌즈 앞을 걸어가는 것으로 시작한다. 배우가 렌즈 앞을 지나갈 때 관객의 시야는 부분적으로 불분명해진다. 그 상태로 배우가 지나가고 나면 어느새 카메라의 위치는 달라져 있다.

〈죠스〉에서 상어가 해변을 습격하기 전에도 여러 차례 이 방식으로 촬영됐으며, 〈유주얼 서스펙트〉에서도 등장인물들이 카메라 앞을 오갈 때 사용되었다.

잠시 생각하던 지혜가 물었다.

"먼저 지원이가 손가락을 풀면서 긴장하는 장면을 넣은 뒤 무대를 준비하는 사람들이 오가는 장면을 넣고, 마지막으로 지원이가 무대에 올라가 있는 장면을 클로즈업한단 거야?"

대충 말해도 척하니 알아들었다. 이는 두 사람이 호흡을 여러 번 맞췄기 때문이기도 하지만, 지혜가 그만큼 센스 있는 조연출이란 의미였다. 그녀는 감독의 연출 의도를 무섭게 파악했다.

속이 시원해진 지호가 빙그레 웃었다.

"바로 그거예요."

"그다음 연주 장면에서 교차편집이 들어가면 관객의 눈이 너무 피곤하지 않겠어? 지나치게 화려한 연출은 안 하니만 못할 텐데."

"그 덕분에 대조되겠죠. 우린 지원이가 시련을 극복해 나가는 모습을 굉장히 사실적으로 연출했어요. 색깔로 비유하면 무채색이었기 때문에 노력이 결실을 맺는 장면에선 화려하게 연출되어야 해요."

"왜?"

"결말에서 주인공이 뜻 깊은 패배를 하기 때문이죠. 패배에 '아름다운 패배'라는 수식어를 붙이고 임팩트를 주려면 반드시 연출적인 요소가 필요해요."

설명을 들은 지혜는 고개를 끄덕였다.

어느 정도 일리가 있었기 때문이다.

"그럼 이번에도 일정 부분 카메라 기술에 의지를 해야겠네."

지호는 카메라를 적극 활용하는 편이었다. 그의 영화는 배우들의 연기가 반, 카메라 워킹이 반이었다. 함께 촬영한 배우들한테 인기가 많은 것도 그들에게 날개를 달아주는 연출력 덕분이었다. 그는 언제나 배우의 연기력을 폭발적으로 극대화시킬 수 있는 다양한 방법을 생각했고, 실제로 시도해 왔다.

새삼 지혜는 한 가지 사실을 깨달을 수 있었다.

'지호의 촬영법은 배우들을 끌어들이는 매력이 있어.'

그녀는 지금부터라도 지호의 촬영 과정을 세세히 기록해 놔야겠다고 마음먹었다.

감독에게 같이 일하는 배우들의 신뢰만큼 중요한 것은 없었기 때문이다.

그때 지호가 입을 열었다.

"촬영 시작하죠."

어느새 준비가 끝나 있었다.

고개를 끄덕인 지혜는 스태프들과 배우들을 향해 외쳤다.

"촬영 들어가겠습니다! 위치해 주세요!"

지호는 리나 프라다를 써치 업 기법으로 촬영했다. 그녀의 두 손이 건반 위에서 춤을 추며 폭발적인 힘이 깃든 연주가 시작됐다.

그 모습을 카메라 앵글을 통해 바라보던 지호는 절로 황홀해지는 기분에 탄성을 내뱉었다.

'아쉬웠던 연주 실력을 감쪽같이 극복해 내다니. 대단해!'

리나는 마치 흑조를 연상시키는 검은 드레스를 입고 있었다. 그녀의 주위로 어떤 아우라가 넘실거리는 것 같았다. 전에 비해 더 정교해지고 강렬해진 연주가 관객들의 마음을 훔쳤다.

리나가 연습하는 모습을 여러 번 보았던 앤 로버츠조차 두 눈으로 보고도 믿기 힘든 정도였다.

'이건 말도 안 돼.'

넋을 쏙 빼놓는 피아노 연주.

이보다 더 좋은 연주는 상상하기 힘들었다.

피아노 위 카메라 한 대와 지호가 들고 있는 카메라가 리나의 연주 장면을 한순간도 놓치지 않고 고스란히 담아냈다.

훌륭한 연기와 연출, 듣는 것만으로도 질투심이 물씬 풍기는 강렬한 곡 선정.

장엄한 3분이 흐르고, 리나가 슬픈 곡조로 연주를 끝맺었다.

"감사합니다."

외마디 인사.

그녀의 감격스러운 표정이 관객들의 심금을 울렸다. 뿐만 아니라 우아하게 몸을 일으키는 것까지, 리나는 완벽한 연기를 보여주었다.

"오케이!"

지호는 바로 사인을 보낸 뒤 생각했다.

'더 이상 연기가 아니야. 이미 이곳에 리나 프라다는 없다. 극 속 인물이 있을 뿐.'

훌륭한 연기를 다수 보아왔던 그였지만, 지금 펼쳐진 리나의 연기는 앞으로도 잊을 수 없을 것 같다는 생각이 들었다.

이어 지호는 무대 아래를 바라보았다.

관객을 압도하는 리나의 연기를 본 지원은 뜻밖에도 담담한 표정을 짓고 있었다.

'이 정도는 각오하고 있었잖아?'

겉으로 보이는 모습과 다르게, 그녀는 동요하지 않으려 최선을 다해 마음을 다잡고 있었다.

잠시 뒤, 무대에서 내려간 지호가 한마디 덧붙였다.

"우리가 얘기했던 것처럼 그저 모두 쏟아 낸다는 생각으로 임했으면 좋겠어."

고개를 끄덕인 지원이 무대 위로 올라갔다.

피아노에서 일어나 마주 걸어온 리나가 말했다.

"화이팅."

진심이 느껴지는 음성. 그 속에 아낌없는 격려가 스며 있었다.

빙그레 웃은 지원이 답했다.

"제 심장이 다 떨릴 정도로 멋진 연주였어요."

사실이 그랬다. 그녀는 재촬영 없이 원 테이크로 오케이 사인을 받아냈다. 그것도 모든 스태프들의 신경이 곤두서서 촬영하는 영화의 클라이맥스를 말이다.

지원은 상대에 대한 경쟁심을 버렸다.

'100점짜리 인생 연기였어. 어떤 명배우가 와도 NG없이 오케이를 받지 못하는 장면이었어. 캐릭터를 완전히 흡수한 상대를 이기려 들면 내 연기만 무너질 뿐이야. 리나보다 잘하려 하지 말고, 내 캐릭터를 완벽히 소화하려는 노력을 해야 돼.'

그렇게 생각하자 굳었던 몸이 이완되고 긴장도 어느 정도 풀렸다. 심적인 준비를 마친 그녀는 피아노에 앉아 시선을 내리깔았다.

배우가 준비를 하는 사이 스태프들은 장비 이동을 하고, 지호는 리나와 함께 방금 촬영한 장면을 모니터링했다.

"이번에는 어땠어요?"

지호가 묻자 리나가 살며시 웃어 보였다.

어떤 미련도 없는 개운한 미소였다.

"만족해요."

대답하는 그녀의 얼굴을 보며 지호는 가슴 속에 뜨거운 꿈틀거리는 열정을 느꼈다.

'어떻게 저렇게 행복해할 수 있지?'

세상에서 가장 행복한 표정이 있다면 저러할까?

표정 하나로 리나 프라다가 진정으로 자신의 일을 사랑하는 배우란 확신이 들었다.

지호는 칭찬을 아끼지 않고 말했다.

"연주 장면은 5분이 넘어가는 롱 테이크였어요. 이 장면을 원 테이크에 NG없이 찍을 수 있는 배우가 있을 줄은 몰랐습니다."

"저도 다시 하라면 못할 거예요."

리나는 입가에 미소를 매달고 말을 이었다.

"솔직히 감독님이 이 역할에 저를 떠올려주셔서 감사할 따름이에요."

"저한테요?"

지호가 의아해하자 그녀가 대답했다.

"네. 아무래도 이번에 만난 캐릭터가 제 연기 인생의 전환점이 되어줄 것 같거든요. 전 제 몸에 꼭 맞는 캐릭터 덕분에 새로운 세상을 훔쳐봤어요. 오랫동안 갇혀 있던 한계를 넘을 수 있다는 자신감을 얻었죠. 이제 지금의 집중력을 완전히 제 것으로 만드는 데 치중할 거예요."

"하하. 듣던 중 반가운 소리네요."

"감독님의 안목은 정확했어요."

리나의 어조에는 신뢰가 깊게 배어 있었다.

지호는 그녀 말처럼 자신의 안목이 대단하다고 생각하진 않았다. 그러나 이번 영화의 캐스팅만큼은 옳은 선택이었다는 확신이 들었다.

'역시 난 인복이 있어.'

안목보다는 인복이 있다고 생각했다. 인복은 노력으로 만들 수 있다고 여기지 않았기 때문이다. 단지 그는 스스로를 쇠고집이라고 여겼다.

"운이 좋게 들어맞았네요."

"운이 반복되면 그건 더 이상 우연이 아니죠."

똑 부러지게 대답한 리나가 팔짱을 끼며 무대 위를 바라보았다.

"감독님이 캐스팅을 하셨다면 그만한 이유가 있다는 거예요. 같은 얘기로, 우리 주연배우의 연기도 기대하고 있어요."

수줍은 미소를 띤 지호가 자리를 벗어났다.

걸음걸음마다 심장이 점점 거칠게 뛰었다.

어느새 리나의 칭찬은 잊히고 머릿속은 온통 촬영에 대한 생각들로 들어찼다.

'어떻게 하면 리나의 연기를 다 살리면서도 지원이의 연기를 더욱 돋보이게 만들 수 있을까?'

클라이맥스에서 주인공과 대척점에 있는 악역이 돋보이게 되면 상대적으로 주연배우의 색이 죽는다. 클라이맥스 자체가 시시해지는 것이다.

하지만 그렇다고 리나의 연주 장면을 편집으로 잘라내기에는 너무 아까웠다.

'한번 해보자.'

지호는 지혜와 상의했던 것처럼 월 리빌 프레임 방식으로 무대 아래서부터 촬영을 시작했다.

무대장치 스태프 역할을 맡은 엑스트라들이 바삐 움직이는 장면을 초점 없는 카메라 앵글에 기록했다. 그다음 지원이 피아노를 치기 위해 준비하는 장면을 찍었다.

순간 지호의 눈이 커졌다.

'웅?'

지원의 얼굴이 심상치 않았던 것이다.

긴장된 표정은 여러 감정을 말해주고 있었다.

그녀의 얼굴을 보고 있노라면 지금껏 촬영했던 장면들이 파노라마처럼 묻어나왔다.

'내면을 유리처럼 투영시키는 얼굴을 가진 배우.'

일순간 그런 판단을 내린 지호는 소름이 돋았다.

생각하는 바를 표정에 고스란히 녹여낼 수 있다면, 그건 배우로서 최고의 재능이었기 때문이다.

그러나 움직임은 멀리 못 가 멈췄다. 지원이 건반에서 손을 떼버린 것이다.

"죄송해요."

지원이 고개를 숙여 눈물을 지우며 말했다.

"다시 할게요."

너무 깊이 격해지다 보니 정작 연주가 안 되는 상황이었다. 몰입이 지나쳐서 배우가 감정의 늪에 발목이 잡힌 경우다.

이럴 때야말로 감독의 역할이 필요했다.

그리고 지호는 이해심 깊은 연출자였다.

"연주를 언제 시작하든 상관없어. 카메라는 계속 돌아가고 있을 거야. 편집으로 만지면 되니까 개의치 말고 네 모든 걸 보여줘."

그는 스태프들을 보며 외쳤다.

"이제부터 NG가 나도 사인 없이 촬영을 이어갑니다! 모두

집중해 주세요! 청중들은 연주회를 본다고 생각하고 자연스럽
게 반응해 주세요!"

연주회장 전체로 고요한 침묵이 내려앉았다.

스태프들은 모두 극도의 집중력을 발휘했다.

지호 역시 카메라에서 눈을 떼지 않고 있었다.

지원은 금세 몰입하며 지호의 말대로 눈치 보지 않고 자신
의 감정에 집중했다.

그리고… 있는 그대로, 자연스러운 연기를 시작했다.

"후우, 후우……."

지원은 입을 막고 눈물을 흘리던 끝에 격한 감정을 가라앉
히려 심호흡을 했다.

왜 눈물이 나냐고 묻는다면 적당히 둘러댈 말은 없었다. 그
러나 사람이 이유를 정해두고 울진 않는다. 그녀는 자신이 맡
은 배역의 삶을 이해했을 뿐이다. 불우했던 어린 시절과 어머
니와의 트러블, 보잘것없이 여겨졌던 자신이 지금 무대에 서기
까지의 과정들이 떠올랐을 뿐이다.

그리고 정말 편안한 마음으로 건반을 누르기 시작했다.

'애절해.'

아름다운 곡조가 붐 마이크(Boom mike)를 통해 흘러들자
음향감독을 맡은 앤 로버츠의 눈에 눈물이 맺혔다.

물론 근접 촬영을 하고 있는 지호의 가슴은 더욱 뭉클했

다. 그는 카메라 앵글로 보이는 지원의 얼굴에서 배우와 캐릭터가 하나 되는 과정을 볼 수 있었다.

'기교 섞인 연출이 필요 없겠어.'

연출력으로 연기를 빛내줄 수 있지만, 완벽한 연기는 그대로의 모습이 가장 아름다운 법이다.

일전 리나의 연기가, 지금 지원의 연기가 그랬다.

이상적인 그림을 이루면 사실상 감독의 역할은 시나리오를 쓰고 배우를 섭외하는 데서 끝난다.

눈 깜짝할 새 몇 분이 흘렀고 지원의 연주도 끝이 났다.

중간중간 몇 차례 음을 놓쳤지만 조금도 중요치 않았다.

'편집으로 해결하면 돼.'

관객들이 보는 건 무대가 아닌 스크린이다.

중요한 건 지원의 연주 모습이 어떤 느낌을 전달하는지 그 점이었다.

하나같이 여운에 젖어 있는 엑스트라들과 스태프들의 표정에서 결실을 확인한 지호는 나직막이 말했다.

"오케이."

리나의 에너지 넘치는 연기를 보았을 때 감탄하던 모습과는 달랐다.

지원의 연기를 모두 본 지금은 모두가 여운에 빠져 있었다.

지호는 두 사람의 모습을 보며 여느 사람들과는 차원이 다른 배우의 에너지를 실감했다.

"멋진 연주였어. 모니터링하자."

그 말에 고개를 끄덕인 지원이 피아노에서 일어나 무대에서 내려갔다.

NG가 나도 중간에 끊지 않고 다이렉트로 촬영했기에 굉장히 많은 분량이 담겨 있었다.

지호와 배우들, 스태프들은 NG장면까지 고스란히 모니터링을 했다.

"NG장면에도 감정이 깨지질 않네요."

가만히 보고 있던 리나가 감탄조로 말했다.

스태프들 역시 덩달아 고개를 끄덕였다.

한편 지원은 입가에 미소를 머금었다. 화면으로 마주한 자신의 모습이 썩 만족스러웠던 것이다.

그녀를 보며 지호가 장난스럽게 말했다.

"울다 웃으면 엉덩이에 털 난다."

"뭐?"

그에게 짐짓 눈을 흘긴 지원이 맥없이 웃었다.

두 사람의 모습을 빤히 보고 있던 리나가 물었다.

"그게 무슨 소리예요? 엉덩이에 털 난다니?"

한국말은 알아듣지만 차마 속담까진 이해하지 못하는 것

이다.

피식 웃은 지호가 어깨를 으쓱이며 답했다.

"속담이에요. 한국 속담."

"흠……."

알쏭달쏭한 표정을 짓던 리나가 은근히 비아냥대는 투로
말했다.

"그럼 배우들 엉덩이는 죄다 털 복숭이겠네요."

스태프들 몇몇이 웃음을 터뜨렸다.

그러나 지혜는 그녀가 보이는 감정을 눈치챘다.

'천하의 리나 프라다도 여자는 여자네? 질투를 다하고.'

누가 봐도 흥미진진한 상황이었다.

그러나 이런 쪽에는 무딘 눈치를 가진 지호는 대수롭지 않
게 입을 열었다.

"하하! 다들 고생하셨습니다. 그럼 배우들은 먼저 들어가시
고, 나머지 스태프들은 정리하고 철수하죠."

촬영은 두 달이 채 안 돼서 끝났다.

지호는 1차 편집을 마친 필름을 파라마운트로 보냈다.

이제 배우들의 싸움은 끝났다.

마침내 지호의 싸움이 시작된 것이다.

*　　　　*　　　　*

일주일 뒤 파라마운트 사(社).

지호는 미팅 룸에 앉아 사람들을 기다렸다.

그리고 머지않아 사장 로버트 윌리엄과 담당자 제리 스타글라츠가 등장했다.

먼저 제리가 입을 열었다.

"보내준 필름은 잘 봤습니다. 감독님과 배우들의 역량을 다시 한 번 확인하게 되더군요."

"감사합니다."

지호가 대답하자 제리는 껄껄 웃으며 말을 이었다.

"신 감독님이라면 좋은 작품을 만드실 줄 알았습니다. 다만 사측에서도 이윤을 최우선으로 생각하다 보니 여러 각도로 검토할 수밖에 없었죠."

"이해합니다. 우린 비즈니스 파트너니까요. 비즈니스가 빠지면 안 되죠."

"역시 말이 통하는군요! 자, 여기 계약서입니다."

그는 계약서 한 부를 내밀었다.

지호는 계약서를 받아 쭉 훑었다. 계약서에는 배급에 관한 내용만 명시되어 있었다. 전에 이야기했던 것처럼 흥행에 실패해도 손해 볼 것 없는 조건만 제시하고 있는 것이다.

"죄송하지만 이 조건으로는 계약이 힘들 것 같습니다."

지호는 차분하게 말했다.

그러자 제리가 눈을 크게 뜨며 물었다.

"네? 계약서에 무슨 문제라도 있나요? 우리가 말한 그대로의 조건입니다만……."

"맞습니다. 예전에 이야기했던 조건이네요."

고개를 끄덕인 지호가 말을 이었다.

"그때 계약서를 작성하진 않았죠. 완성된 필름이 나오면 보고 배급을 결정하기로 결론을 봤었던 걸로 기억합니다."

"네, 분명히 그랬습니다. 그리고 지금 완성된 필름을 보고 말씀드리고 있고요."

그때 잠자코 있던 사장 로버트 윌리엄이 끼어들며 물었다.

"상황이 달라졌군요. 맞습니까?"

"그렇습니다."

지호는 부정하지 않고 덧붙였다.

"실은 워너 브라더스, 유니버설 스튜디오 등에도 필름을 보냈고, 좋은 조건을 받았습니다. 그럼에도 파라마운트를 가장 먼저 찾아온 것은 영화를 보고 결정하겠다고 여지를 주셨던 것에 대한 감사의 표시입니다. 우선권을 드리는 거죠."

제리는 당황했지만 로버트는 빙그레 웃으며 대답했다.

"신 감독님은 할리우드의 시장 논리에 금방 적응하는군요."

지호 역시 마주 웃었다.

"로마에 가면 로마법을 따르라잖아요."

"그건 그래요. 적응력이 뛰어난 비즈니스 파트너는 우리도 환영입니다. 그럼 어디, 감독님이 원하는 조건을 들어볼 수 있을까요?"

"물론입니다."

흔쾌히 대답한 그는 제리가 건넨 계약서를 왼편으로 밀어 둔 뒤 자신의 가방에서 파일 하나를 꺼내어 건넸다. 그곳에는 지호 측이 원하는 계약 조항을 적은 문서가 들어 있었다.

모두 읽은 로버트가 제리에게 파일을 건네고 입을 열었다.

"담당자의 검토가 필요할 것 같군요."

그는 계약서를 보기 전에 비해 무거운 표정을 짓고 있었다.

아니나 다를까, 계약서를 검토한 제리의 입에서도 부정적인 내용이 흘러나왔다.

"할리우드에서 다섯 작품 이상 만들고, 그중 세 작품 정도 흥행시킨 감독들이 받는 대우입니다."

제법 현실적인 기준이었다.

지호가 아무런 대답을 하지 않자 로버트가 제리에게 재확인하듯 물었다.

"제리. 그래서 결론이 뭐죠?"

"이 조건은 받아들일 수 없습니다. 아마 우리뿐 아니라 메이저 배급사 어느 곳에서도 받아들이기 힘들 겁니다."

협상 결렬이라는 결론이 나온 셈이다.

지호는 담담하게 결과를 받아들였다. 다른 곳에서 요구 사항과 동일한 조건을 제시했다는 말은 꺼내지 않았다. 자신에 대한 파라마운트의 객관적인 판단을 듣고 싶었기 때문이다.

"안타깝지만 어쩔 수 없는 일이군요."

그 말을 들은 로버트가 이마를 쓸며 제안했다.

"조금 과열된 것 같습니다. 잠시 쉬고 마무리를 하죠."

그는 이어 제리를 보며 물었다.

"제리, 잠시 얘기 좀 할 수 있을까요?"

"알겠습니다."

"잠깐 실례하겠습니다. 감독님."

로버트는 지호에게 양해를 구한 뒤 제리와 미팅 룸을 나갔다. 미팅 룸을 둘러싼 유리벽 너머로 대화를 나누는 두 사람의 진지한 표정이 보였다.

한편 밖으로 나간 로버트는 팔짱을 끼고 턱을 만지작거리며 물었다.

"정 힘들겠습니까? 신 감독은 미래 투자가치가 높은 유망주입니다."

"물론 사장님이 강행하신다면 어쩔 수 없습니다. 하지만 지금은 모험을 할 때가 아니라고 생각합니다. 저희도 최근 한국 영화들을 배급하기 시작하면서 한국 시장에 투자를 진행하고 있습니다. 얼마 전에는 유태일 감독의 작품에도 투자를 했죠. 신 감독이 제안한 조항보다 훨씬 좋은 조건으로 계약을 했고요. 신 감독의 작품을 포기하면 한국 작품을 다섯 개는 계약할 수 있을 겁니다."

제리의 말을 듣고 고민에 잠겨 있던 로버트는 잠시 뒤 입을 열었다.

"알겠습니다. 담당자 말에 따르지요. 제리, 당신은 한국 시장을 전담하고 있는 책임자입니다. 부디 옳은 판단을 해주기 바랍니다."

"물론입니다."

최종적인 결론을 도출한 두 사람은 다시 미팅 룸 안으로 들어갔다.

지호는 그들의 표정만 보고도 결과를 알 수 있었다.

역시나 제리 스타글라츠가 말했다.

"아무래도 이번 작품은 함께하기 힘들 것 같습니다. 다음에 좋은 기회로 또 뵐 수 있길 바랍니다."

어느 정도 대답을 예상하고 있던 지호 또한 당황하지 않고 담담하게 고개를 끄덕였다.

"네, 다음에 더 좋은 기회로 뵙겠습니다."

그들은 악수를 나누고 서류를 챙긴 뒤 일어났다.

파라마운트의 사장 로버트 윌리엄이 인사를 했다.

"반가웠습니다, 신 감독님. 여기 제리가 배웅해 드릴 겁니다."

"감사합니다."

지호는 엘리베이터까지 배웅을 받았다. 그는 파라마운트 회사 건물을 나서서 호텔 리무진에 승차해 다음 행선지를 말했다.

"워너 브라더스로 가주세요."

*   *   *

워너 브라더스 역시 파라마운트와 마찬가지로 처음 영화 배급을 거절한 곳이었다. 그러나 그들은 완성된 필름을 확인한 후 파격적인 제안을 해왔다.

"어떤 곳도 이보다 좋은 제안을 건네진 못할 것입니다. 우리는 신 감독님을 할리우드 신인이 아닌, 뛰어난 기성 감독으로 대하고 있으니까요."

그러나 할리우드에 관해 적지 않은 공부를 한 지호는 그들이 이토록 파격적인 제안을 하는 이유를 어렵지 않게 짐작할 수 있었다.

워너 브라더스는 지난 몇 년 간 여러 번 인원 감축을 했다.

뿐만 아니라 〈해리포터〉 시리즈와 크리스토퍼 놀란(Christopher Nolan) 감독의 〈배트맨〉 시리즈를 끝낸 뒤 흥행 보증수표 격인 시리즈물이 사라진 상황이 되었고, 한국 시장 개척 등 해외시장에 눈길을 돌렸다. 비록 적자를 보고 있진 않았지만 당장 해외시장 개척의 선구자로서 명예만 얻었을 뿐, 기대했던 만큼의 큰 이익을 취하진 못했다.

이렇듯 아쉬운 성적을 거듭하던 찰나, 워너 브라더스는 지호의 〈투데이〉로 단맛을 보았다. 때마침 전환점이 필요하던 그들에게 지호는 탐나는 원석이었던 것이다.

"우리를 찾아와 줘서 기쁩니다."

다시 만난 워너 브라더스의 담당자 토비 휴스턴은 거침없이 말했다.

"우린 신 감독이 놀란 감독의 뒤를 이을 재목이라고 생각합니다. 더욱이 우리는 많은 한국 감독들과 작업해 온 경험이 있으니 신 감독에게 다른 곳보다 편안한 작업환경을 마련해 줄 수 있을 겁니다. 그들과의 만남을 주선할 수도 있고요."

"과분한 평을 받으니 몸 둘 바를 모르겠습니다. 이번 영화를 시작으로 좋은 영화를 만들겠습니다."

그렇게 대답한 지호는 자신의 앞에 놓인 계약서에 친필로 사인을 했다.

그다음 자신의 생각을 밝혔다.

"워너 브라더스는 해외시장 개척에 많은 투자를 했던 만큼 앞으로 강력한 감독 라인업으로 영화를 제작하고, 그로 인한 이윤을 벌어들이게 될 것입니다."

"우리 회사가 진행하는 사업에 대해 제법 잘 알고 있는 것 같군요."

사실 섬광 기억이 있는 지호에게 자료 조사는 일도 아니었다. 모조리 기억하고 언제 어디서든 떠올릴 수 있기 때문이다.

반면 그 능력을 전혀 모르는 토비 휴스턴은 그가 워너 브라더스에 대해 꽤 많은 공부를 한 줄로 착각한 것이다. 자신이 속한 회사의 장점을 들은 토비 휴스턴은 기분이 좋았다.

"앞으로 좋은 인연이 되길 바랍니다."

계약서를 교부한 그가 지호와 악수를 나누는 것으로, 이번 작품 〈해피 엔딩〉과 워너 브라더스의 계약이 체결됐다.

*   *   *

워너 브라더스는 계약서상의 약속대로 영화 배급 및 홍보에 과감한 투자를 보여주었다.

영화는 미국과 한국을 포함해 세계적으로 많은 상영관을 확보했다.

특히 지호의 한국 영화 시장에서도 작품은 극장이 자국의 영화를 일정 기준 일수 이상 상영하도록 강제하는 스크린쿼터(Screen Quota)의 제지를 받지 않았다.

개봉을 앞두고 한 달 뒤 다시 만난 토비 휴스턴은 자신감에 찬 미소와 함께 말했다.

"〈해피 엔딩〉은 역대 가장 많은 상영관을 확보한 영화가 될 겁니다."

Chapter 2
할리우드 극장가를 습격하다II

〈해피 엔딩〉은 전 세계에서 동시에 개봉했으며, 같은 기간에 시사회가 진행되었다.

워너 브라더스 배급사와 네러티브 제작사는 지호와 합의하에 첫째 주 미국에서 무대 인사 일정을 진행하기로 했다. 그다음 둘째 주에는 신지호 감독과 일부 배우, 스태프들의 고향인 한국에 방문할 예정이었다.

영화 개봉을 앞두고 워너 브라더스의 담당자인 토비 휴스턴, 네러티브 제작사의 담당자 제임스 페터젠과의 만찬을 가지던 지호가 새삼스럽게 인사를 건넸다.

"두 분이 신경 써주신 덕분에 〈해피 엔딩〉이 도약할 발판을 마련한 것 같습니다."

제임스 페터젠은 어깨를 으쓱이며 대답했다.

"제가 한 게 뭐있겠습니까? 파격적인 호의를 베풀어 준 워너 브라더스의 공이 크지요. 〈해피 엔딩〉이 할리우드에서 이렇게 많은 상영관으로 시작한다는 것 자체가 불가능할 줄 알았는데 말입니다."

그에 토비 휴스턴이 고개를 저으며 말했다.

"모든 건 신 감독님이 보내주신 필름이 만든 결과 아니겠습니까? 워너 브라더스 또한 좋은 작품을 만난 것에 기쁨을 느끼고 있습니다."

이후에도 세 사람은 이런저런 대화를 나누며 식사를 했다. 지호에게는 이런 자리가 할리우드의 정세를 살필 좋은 기회였다.

그때 제임스 페터젠이 농담처럼 말을 건넸다.

"자금력을 갖춘 유능한 영화감독이나 배우들은 직접 제작사를 차립니다. 스티븐 스필버그(Steven Spielberg)의 앰블린 파트너스(Amblin Partners), 클린트 이스트우드(Clint Eastwood)의 맬파소 프로덕션(Malpaso Production)이나 브래드 피트(Bradley Pitt) 플랜B 엔터테인먼트(Plan B Entertainment)처럼 말이죠. 신 감독님은 직접 제작도 참여하시곤 하는데, 이런 야심은 없으신가요?"

토비 휴스턴도 눈을 반짝이며 귀를 기울였다.

두 사람의 시선을 받던 지호가 어색한 미소를 띠며 대답했다.

"아직 이렇다 할 계획이 없기 때문에 무어라 대답하기 이른 것 같습니다. 제임스 캐머런(James Cameron) 감독님도 여전히 20세기 폭스와 일하고 계시니까요."

껄껄 웃은 제임스 페터젠이 대답했다.

"그야 〈타이타닉〉이 대박을 치면서 20세기 폭스사가 제작 비에 관해 무제한으로 허가해 줬으니 그렇지요. 신 감독님이 〈타이타닉〉에 버금가는 걸작을 만들어 주신다면 저도 회사에 한번 제안해 보겠습니다."

그러자 지호가 〈타이타닉〉에 대한 단상을 이야기했다.

"탄성이 나오는 배우들의 연기도 훌륭했고 실제 사건을 고증해서 완벽한 러브 스토리와 엮은 점도 대단했지만, 1997년에 나왔다고 믿기 힘든 영상미나 연출력이 그야말로 혁신이었어요."

"〈타이타닉〉이 훌륭했던 건 맞지만 완전히 독보적이진 않습니다."

토비 휴스턴이 부정했다.

"같은 해 할리우드에선 〈콘택트〉, 〈스타쉽 트루퍼스〉, 〈페이스 오프〉, 〈브레이크 다운〉, 〈콘에어〉, 〈제리 맥과이어〉, 〈스타워즈5〉, 〈볼케이노〉, 〈제5원소〉, 〈샤인〉 등등 좋은 작품들이 대거 쏟아져 나왔어요. 기술적으로는 혁신이 분명하지만 내용적인 부분에선 우열을 가리기 힘든 영화들이 있었다는 뜻이지요."

"완전히 꿰고 계시군요."

영화 제목을 줄줄이 나열하는 모습에 혀를 내두른 제임스 페터젠이 감탄과 함께 물었다.

"당시에도 이쪽 일을 하고 계셨다고요?"

"그랬습니다. 1900년대는 할리우드의 황금기였습니다. 지금은 심금을 깊게 울리는 감동이나 손에 땀을 쥐게 하는 스릴, 꿈에서 나올 정도로 알찬 재미가 느껴지는 영화가 드물지만… 당시에는 한 해에도 여러 편의 명작이 만들어졌지요."

아련해지는 토비 휴스턴의 얼굴을 바라보던 지호는 어느 정도 동감했다. 비록 자신이 1900년대에 살아보진 못했지만 앞서 나열된 영화들을 통해 그 감성을 들여다보았기 때문이다.

"영화 시장은 점점 커지는데, 어째서 영화는 퇴보하는 걸까요?"

지호는 현대의 영화감독들이 가슴 안에 품어야 하는 질문을 던졌다.

이에 제임스 페터젠이 자신의 의견을 더했다.

"음. 관객들의 눈이 높아지는 것 아닐까요?"

그러나 토비 휴스턴은 그 생각을 부정했다.

"그럴 리가! 관객들은 오히려 옛 영화를 찾습니다. 명작들의 가치는 점점 높아져요. 그 시절 영화들은 지금 봐도 비할 수 없는 감동과 스릴, 재미를 주었습니다. 제임스, 1900년대 영화들을 다시 보세요."

"하하. 사실 저도 공감하고 있습니다. 수준이 낮아지고 있다고 인정하기 싫었을 뿐이죠."

"우리는 현실을 인정한 상태에서 이 문제에 접근해야 합니다."

단호하게 말한 토비 휴스턴이 지호에게 물었다.

"우리 신 감독님은 예전에는 본질에 충실했던 영화들이 김빠진 콜라처럼 시시해진 이유가 뭐라고 생각합니까?"

"영화가 감독의 예술에서 관객의 예술로 변질되고 있기 때문 아닐까요? 시대의 변화에 따라 관객의 취향도 달라지고, 영화도 발맞춰 변해가는 느낌이 들 때가 있습니다."

곰곰이 생각하던 지호가 말을 이었다.

"제가 영화를 만드는 신념이 있습니다. 영화는 관객이 아닌 감독 자신을 위해 만들어져야만 해요. 일견 이기적인 생각 같지만, 관객들의 흥밋거리를 만들려 하는 순간 시나리오나 연출에도 특색이 사라져요. 영화 시장은 다양성을 잃고 똑같은 내용의 '돈 되는' 영화들만 복사기처럼 찍어낼 겁니다."

토비 휴스턴은 고개를 끄덕였다.

"우린 상업 영화를 만들고 있습니다. 당연히 돈 되는 영화를 만들어야 합니다. 그러니 나는 흥행에만 관심이 쏠려 있는 감독들을 비난하지 않아요. 다만 어떤 소재를 써도 승산 있을 만큼 뛰어난 아이디어와 연출력을 가진 감독들이 상업적인 목적에 의해 희생되는 꼴을 보고 싶진 않습니다. 명작을 만들 수 있는 눈높이의 감독이 저 아래 있는 관객의 눈높이를 맞추려고 스스로 내려오는 모습을 상상하면 끔찍해요. 그게 바로 제가 신 감독님의 〈해피 엔딩〉 필름을 보고 배급을 결정한 이유입니다."

다시 말해 지호의 연출력을 신뢰한다는 의미였다. 숨겨진 뜻을 파악한 제임스 페터젠은 빙그레 미소를 지었다.

'신 감독이 든든한 후원자를 얻었군.'

토비 휴스턴과 영화 시장에 대해 한바탕 토론을 펼치던 지호가 침착하게 대답했다.

"감사합니다. 명작을 만들겠다는 약속은 못 드리지만 앞으로도 눈치 안 보고 영화를 만들겠습니다."

감독은 영화를 만들 뿐, 판단은 관객의 몫이다.

따라서 그는 명작이나 수작을 만들겠다기보다, 계속해서 〈해피 엔딩〉 같이 자신을 위한 영화를 만들겠다고 약속했다.

토비 휴스턴은 대답이 마음에 드는지 흡족한 미소를 지었다.

"관객들은 신 감독의 영화를 사랑하게 될 겁니다."

그는 굳이 이유를 설명하지 않았다.

하지만 자리에 있던 제임스 페터젠은 어렵지 않게 짐작할 수 있었다.

'〈해피 엔딩〉은 시나리오부터 배우들의 연기, 미술, 음향, 카메라, 편집까지 모두 완벽에 가까웠지.'

그 사실이 지호의 능력을 말해주었다.

감독에게 요구되는 연출 능력을 모두 갖춘 감독은 어떤 영화를 만들어도 평단의 호평을 듣고 손익분기점을 넘기는 법.

흥행이 더 되느냐 덜 되느냐의 차이일 뿐, 취향에 관계없이 영화의 매력만으로 관객을 끌어들이게 마련이다.

그사이 지호가 식사를 마치고 이내 토비 휴스턴도 자리에서 일어나 코트를 걸쳤다.

그는 손을 내밀며 말했다.

"오늘 즐거웠습니다."

"저야말로 행복한 저녁이었습니다."

지호 역시 손을 맞잡았다.

두 사람을 보며 흐뭇한 표정으로 서 있던 제임스 페터젠이 그들의 사이를 응원했다.

"〈해피 엔딩〉으로 맺어진 인연이 끝까지 이어져 해피 엔딩을 맞이했으면 좋겠습니다. 배우의 삶은 영화를 따라간다는 미신처럼, 감독도 영화 제목을 따라간다는 말이 있지요."

"제임스, 항상 좋은 기회를 주셔서 감사합니다."

지호는 잊지 않고 제임스 페터젠에게도 고마움을 표했다.

그러나 제임스 페터젠 입장에선 도리어 자신이 고마운 처지였다.

그는 손사래를 치며 말했다.

"〈투데이〉나 〈비밀〉, 〈우주〉로 제작사 매출이 크게 올랐습니다. 신 감독님이 참여하신 영화라면 언제든 환영이죠. 배급사들은 신중을 기한다지만, 저희에게 감독님은 이미 흥행 보증수표입니다."

*　　　*　　　*

〈해피 엔딩〉 개봉 당일.

시사회가 열리는 극장 안은 많은 인파로 붐볐다.

지호는 테일러 빈을 제외한 배우들과 함께 관객들을 만날 준비를 하고 있었다. 테일러 빈은 드라마 스케줄로 인해 지금쯤 영국에 있을 터였다.

그리고 때마침 토비 휴스턴이 대기실로 들어섰다. 그는 지호를 보며 바깥 상황을 전했다.

"줄이 길어요. 우려하던 것과 달리 첫날부터 반응이 좋습니다."

지원이 안도의 한숨을 내쉬었다.

수정이 그녀의 등을 두드려주며 위로했다.

"내가 말했지? 열심히 한 만큼 잘될 거라고."

사실 〈해피 엔딩〉의 주연을 맡았던 지원의 부담은 클 수밖에 없었다. 한국인인 데다 신인 여배우라는 꼬리표가 영화 흥행에 폐를 끼치지 않을까 우려했던 것이다.

한국 국적의 두 배우를 지켜보던 리나 프라다가 빙그레 웃으며 끼어들었다.

"오늘 영화를 본 사람들은 동양인 주연에 대한 배타적인 편견을 싹 잊어버릴 거예요. 스크린 안에는 연기하는 배우만 있을 뿐, 배우의 국적 따윈 중요치 않다는 것을 관객들도 깨닫게 될 테고요. 순식간에 입소문이 나면서 적합한 평가를 받게 된다는 데에 백 달러 걸죠."

그녀는 세계적인 명성과 놀라운 연기력을 가졌음에도 겸손하고 친근한 태도를 보였다. 또한 무엇보다 한국말을 유창하게 하고 있었다.

그렇다 보니 두 여배우도 거부감 없이 대화에 응할 수 있었다.

여배우들의 사이좋은 모습을 흐뭇하게 보던 지호가 토비

휴스턴에게 공을 돌렸다.

"영화가 잘된다면 그건 배우들이 연기를 잘해주었기 때문입니다. 더욱이 워너 브라더스가 최고의 인력과 실력을 동원해 배급·홍보를 해준 덕분이죠."

"그 모든 건 감독님의 각본과 연출력이 일구어낸 결과지요."

이어 토비 휴스턴이 손목시계를 확인한 뒤 지호에게 알렸다.

"드디어 관객과 만나실 시간입니다."

"그럼 다녀오겠습니다."

대답한 지호는 배우들에게 말했다.

"자, 관객 분들께 인사하러 가죠."

그들은 대기실을 벗어나 무대로 나갔다.

리나 프라다를 발견한 관객들이 박수를 치고 휘파람을 불었다.

"사랑해요, 리나!"

"아름다워요!"

"당신을 보기 위해 왔습니다!"

관객들은 뜨거운 반응을 보였다.

반면 그녀를 제외한 나머지는 찬밥이었다. 몇몇 관객들이 지호를 향해 보내오는 응원이 전부였다.

"감독님, 여전히 멋지세요!"

"할리우드에 오신 것을 환영합니다!"

"영화 잘 볼게요!"

그들은 이번 영화 〈해피 엔딩〉에 대한 이야기는 한마디도 하지 않았다. 지호의 팬으로서 응원하는 말들뿐이었다.

"우리는 투명 인간 취급이네."

자존심이 상한 수정이 나지막이 투덜거리자 지원이 머쓱하게 웃었다.

"하하, 그럴 수밖에 없지 않을까요? 이곳에서는 무명이나 다름없으니까요."

지호가 웃는 얼굴을 관객들에게 보이며 두 사람에게 말했다.

"관객의 기대치가 낮을수록 좋은 점수를 받기는 유리해요. 그렇게 생각해 보면 나쁜 일만은 아닙니다."

일리가 있는 의견이었다.

그 순간 사회자가 지호에게 마이크를 건네며 물었다.

"비록 데뷔 초부터 베니스 영화제나 아카데미 시상식에서 영광스러운 상패를 거머쥐셨다지만, 프로 감독으로서 할리우드 영화를 연출하신 건 이번이 처음으로 알고 있습니다. 낯선 땅에서 인지도 없이 한국 배우들을 동원해 〈해피 엔딩〉을 촬영한 건 무리한 도전이 아니었냐는 의견도 나오고 있는데요. 실제로 리나 프라다의 팬들은 그녀가 조연에 머무른 데에 대한 불만을 표하고 있습니다. 이 부분에 대해 어떻게 생각하시나요?"

"무리한 도전이었는지, 멋진 도전이었는지는 관객들께서 영화를 보시고 대답해 주실 거라 믿습니다. 리나 팬 분들이 그녀의 배역을 보고 실망하신 점에 대해선 저도 일단 안타깝게 생각합니다만… 영화를 직접 보신다면 생각처럼 실망하시진 않을 것 같군요."

"팬들이 영화관을 찾지 않을 수가 없겠군요. 영화 내 리나 프라다의 역할에 대해서도 관객 분들이 증명해 주시면 될 것 같습니다."

이내 사회자는 질문의 타깃을 바꾸었다.

"그럼 이번에는 프라다 씨께 질문을 하겠습니다. 팬 분들이 나 감독님의 입장을 듣고 어떤 생각이 드십니까?"

지호에게 마이크를 넘겨받은 리나가 빙그레 웃으며 여유롭게 대답했다.

"우려해 주시는 팬 분들을 보면 너무 든든하죠. 모두 제 편에서 걱정해 주시는 거니까요. 하지만 저도 감독님의 말씀에 동의합니다. 조연이든 주연이든, 배역을 떠나 이번 영화는 제게 연기의 전환점을 맞이한 작품이었어요. 저를 걱정해 주신 팬 분들께서도 영화를 꼭 보셨으면 좋겠습니다. 제가 그분들께 만족감을 드릴 수 있을 것 같아요."

"이번 작품에 굉장한 자신감을 보이는군요. 프라다 씨는 호언장담을 좀처럼 하지 않는 성격이라고 알고 있는데요."

"맞아요. 특히 영화가 주는 재미는 취향에 따라 다르니까요. 하지만 취향을 적게 타는 영화도 있다고 생각해요. 제 기준에선 〈해피 엔딩〉이 그런 영화입니다. 누구나 즐겁게 볼 수 있고, 공감할 수 있는 영화에요."

"저도 아직 영화를 못 본 사람으로서 기대가 됩니다. 자, 그럼 다음으로……."

사회자는 인터뷰를 이어갔다.

그러나 이후에 이어진 인터뷰는 지호와 리나를 대할 때와 사뭇 달랐다.

그는 지원과 수정에게 형식적인 질문 하나씩만 건넸다. 관객이 궁금해 하지 않는 대목에서 시간을 잡아먹을 순 없었기 때문이다. 인터뷰를 마친 뒤, 영화 시작을 앞두고 사회자가 말했다.

"영화 관람 후 설문 조사가 기다리고 있으니, 자리에 그대로 계시면 감사하겠습니다."

Chapter 3
내한 시사회

사회자 말대로 영화 상영 후, 관객들은 설문 조사에 응했다.

놀라운 것은 관객들이 만장일치로 '자진해서 입소문을 내고 싶을 만큼 흥미롭다!'라는 문항을 골랐다는 사실이었다.

또한 설문지 하단에는 영화를 본 소감이 적혀 있었다.

—어느 때보다 큰 감동을 받았다.

—올해 최고의 영화.

—우리들처럼 평범한 누군가의 '해피 엔딩'을 보았다.

—누구나 자신의 삶을 한 편의 해피 엔딩 영화처럼 살 권리가
있다.

—노력하는 천재를 이길 순 없더라도, 노력으로 천재가 될 수
는 있다.

토비 휴스턴은 시사회 설문 내용을 언론에 뿌렸다.

〈해피 엔딩〉에 관한 기사는 다음 날 조간신문에 실렸다.

시사회에 다녀온 관객들이 인터넷에 후기를 올리면서 신문
기사는 공신력을 얻었다.

직접 영화를 관람한 시사회 관객들은 효자 노릇을 톡톡히
했다.

—신지호 감독 영화는 그냥 보자.

—믿고 보는 감독과 배우들이 늘었다.

—김지원, 오수정 씨. 한국 배우들을 응원합니다!

—리나 프라다는 언제나 그렇듯 기대 이상으로 훌륭하다. 그러나 그녀에
게 뒤지지 않는 주연배우의 호연을 보고 허를 찔린 기분이다.

—훌륭한 내용, 놀라운 연기, 최고의 연출.

영화를 관람한 평론가들은 조금 더 전문적인 평을 내놓았
다.

그중 몇몇 단평들은 여러 매체들에 실리기도 했다.

—폭력적인 초반부로 시작해 황홀한 후반부로 끝난다. 이는 아찔하도록

멋진 성취다.

─신지호 감독은 언제나 모멘텀을 쌓고 장전한다. 영화의 완급 조절을 놀랍게 활용해 지루할 틈이 없다.

─실제 우리의 삶 속에서 일어나고 있는 일 같다. 관객은 완벽히 몰입했고, 영화가 끝났을 땐 이야기가 실화일지 검색하기 바빴다.

아침부터 지호의 호텔 방을 찾아와 관객 반응을 보여준 지혜가 물었다.

"어때? 멋지지?"

"반응이 뜨겁네요."

지호는 만족스러운 미소를 보이며 물었다.

"한국에서도 어제 개봉을 했죠?"

"응, 전 세계 상영관에서 개봉했지. 안 그래도 다른 나라 반응을 몇 개 가져와 봤어."

지금까지 봤던 내용은 할리우드 극장가의 반응이었다. 때문에 지호는 흥미진진한 표정으로 태블릿을 넘겨받았다.

"역시 워너 브라더스에서 특별히 신경을 써주긴 했나 보네요"

〈해피 엔딩〉은 한국에서 가장 많은 상영관을 확보했다. 뿐만 아니라 다른 나라들에서도 미국만큼 높은 점유율의 상영관을 확보했다. 이는 초반 스퍼트에 중대한 영향을 끼쳤다.

지호의 말에 고개를 끄덕인 지혜가 말했다.

"각국 경쟁 작품들이 있어서 쉽지 않은 일이었을 텐데도 성공적이야. 그동안 세계 영화 시장 진출에 막대한 투자를 한 값을 톡톡히 돌려받네."

"그러게요. 우린 좋은 거죠."

지호는 빙그레 웃었다.

그 웃음의 의미를 포착한 지혜가 마주 웃으며 말했다.

"파라마운트에 오히려 고마워해야겠어."

*   *   *

파라마운트사의 사장 로버트 윌리엄은 〈해피 엔딩〉을 담당했던 제리 스타글라츠 앞에 조간신문을 내려두며 입을 열었다.

"호평 일색이더군요."

"어느 정도 예상했던 일입니다."

제리는 동요하지 않고 말을 이었다.

"다만 확신할 수 없어서 반려했던 거죠. 결과가 좋게 나온 것 같지만, 투자하기에 위험 요소가 많았던 작품임은 부정할 수 없습니다."

"그 부분은 저도 인정하는 바입니다. 하지만 이대로 신지호 감독을 놓치기에는 너무 아까워요. 신 감독처럼 빠른 시일 내에 좋은 영화를 만드는 감독은 드뭅니다. 작품성이나 흥행성으로 비교될 만한 한국 감독도 유태일 감독 정도지요."

"유태일 감독은 우리와 계약을 마쳤습니다."

로버트는 고개를 끄덕이면서도 지호에 대한 미련을 버리지 못했다.

"신지호 감독을 데려오세요. 이번 작품은 아쉽게 됐지만, 이대로 포기하기에는 너무 아까운 인재입니다. 아무리 워너 브라더스의 마케팅이 있었다 해도… 할리우드에서 한국 배우 원 톱으로 흥행에 성공을 했어요. 그는 〈해피 엔딩〉으로 자신의 능력을 증명한 셈입니다."

"알겠습니다. 〈비밀〉 당시 신지호 감독이 연출을 거절했던 〈스펙터클 어드벤처〉의 각본을 부탁해 보겠습니다."

제리의 제안을 들은 로버트는 눈을 반짝였다.

〈스펙터클 어드벤처〉는 파라마운트에서 밀고 있는 트레이시 맥케이 원작의 시리즈물이었다. 지호가 연출 제안을 거절한 뒤 할리우드 최고의 감독들이 물망에 올랐던 작품이기도 하다.

결국 작년에 일선으로 복귀한 파비앙 티라르 감독이 연출을 맡게 됐다.

제리는 이 점을 파고들었다.

"파비앙 티라르 감독과 신지호 감독은 〈톱스타와의 일주일〉로 인연이 있습니다. 게다가 파라마운트의 야심작인 〈스펙터클 어드벤처〉의 각색을 맡기는 정도면 우리 신뢰를 보여주기 충분하다고 생각합니다."

일리 있는 의견에 로버트 역시 고개를 끄덕였다.

"좋아요. 세계적인 시리즈물을 거절하진 않을 겁니다. 각본 작업을 참여하는 것만으로도 아직 부족한 자신의 몸값을 단숨에 불릴 수 있을 테니까요."

"양날의 칼이지요."

그렇게 표현한 제리는 씨익 웃으며 덧붙였다.

"성공리에 각색을 마치면 스타덤에 오르겠지만, 각색에 실패하면 원작을 망친 멍청이로 낙인찍히겠죠. 그리고 신지호 감독의 모험적인 성격상, 이런 위험성이 오히려 그의 구미를 당겨줄 겁니다."

제법 그럴싸하다고 생각한 로버트는 그에게 전권을 일임했다.

"한번 진행해 보세요."

"알겠습니다."

면담을 마친 제리는 사장실에서 나오자마자 일을 시작했다.

그는 〈비밀〉 외에도 몇몇 작품을 함께하며 친분을 다진 네러티브 제작사의 〈해피 엔딩〉 담당자, 제임스 페터젠에게 전화를 걸어 지호의 일정부터 확인했다.

"제임스. 혹시 신지호 감독님 일정을 알 수 있겠습니까?"

─물론이죠, 이번 주는 미국에서 무대 인사 일정이 있습니다. 다음 주에는 내한 일정이 잡혀 있고요.

"그렇군요. 혹시 내한 스케줄을 끝내고 돌아오시면, 그때 다시 감독님 일정을 알려주실 수 있을까요? 감독님의 스케줄에 방해가 안 되도록 약속을 잡고 싶습니다."

─알겠습니다. 감독님께도 미리 언질을 해 놓겠습니다. 파라마운트에서 이대로 신 감독님을 포기하지 않으리라는 생각은 하고 있었어요.

"저희뿐이겠습니까? 〈해피 엔딩〉을 고사했던 곳들 모두 한마음이겠지요. 〈해피 엔딩〉의 재미야 의심하지 않았지만, 흥행만은 모두가 반신반의했으니까요."

그에 제임스 역시 동의했다.

─저희 제작사 측도 마찬가지입니다. 20세기 폭스사에서 접촉을 해왔거든요. 그것도 제임스 캐머런 감독과 맞먹는 제안을 들고 말이죠.

목소리에 고민이 가득했다.

제임스 캐머런 감독이 〈타이타닉〉 후 20세기 폭스사로부터 받은 제안은 제작 예산 무제한 지원.

세상 어떤 감독도 거절하지 못할 매력적인 제안인 것이다.

"제임스 캐머런 감독이야 〈타이타닉〉으로 20세기 폭스사에 막대한 이익을 안겨 주었다고 하지만… 신지호 감독에게도 그러한 제안을 했다고요?"

제리는 경악을 금치 못했다.

이렇게 되면 워너 브라더스가 문제가 아닌 것이다.

20세기 폭스는 제작과 배급을 모두 한다.

"…신 감독의 작품을 향후 장기적으로 제작·배급하겠다는 의미군요."

─맞습니다.

두 사람 모두 복잡한 심경으로 침묵했다.

그리고 얼마 후, 제임스가 말했다.

─그럼 나중에 뵙겠습니다.

"아, 네. 알겠습니다."

로버트는 전화를 끊고 멍하니 창밖을 보며 중얼거렸다.

"이거야… 이미 스타덤에 올라 버렸군."

*   *   *

지호는 미국을 떠나기 전 20세기 폭스사로부터 연락을 받았다.

그는 담당자에게 말했다.

"향후 보금자리에 대한 생각은 〈해피 엔딩〉 스케줄을 모두 마친 뒤에 하고 싶습니다."

―이해합니다.

지호의 입장을 수긍한 담당자 제럴드 프레더릭은 이어서 믿기 힘든 이야기를 했다.

―…다만 감독님께서 그사이 충분히 고민하고 결정하실 수 있도록 사측에서 제안할 내용을 미리 알려 드리고자 연락을 드렸습니다. 사측에선 신지호 감독님의 미래 가치를 높게 평가하고 있습니다. 물론 〈비밀〉을 함께 작업한 파라마운트나 〈해피 엔딩〉의 워너 브라더스도 마찬가지일 거라고 생각합니다.

"……"

―해서 감독님을 영입할 방법을 고민했고, 제작비 가용 금액을 파격적으로 늘리자는 결단을 내렸습니다. 무제한에 가까운 예산 제한을 제공하는 대신 감독님이 참여하는 모든 작품의 제작·배급을 저희에게 맡겨달라는 것이죠. 또한 감독 배당금도 다른 곳에 비해 낮겠지만 계약이 성사되면 적어도 앞으로의 예산 걱정은 없을 겁니다. 이는 자신의 사재를 털어서라도 영화의 완성도를 생각한 감독님의 행보를 고려한 제안입니다. 또한 감독님이 매번 영화를 흥행시키며 스스로의 흥행성을 증명했을 땐 배당금을 조정할 의지도 있습니다.

내용을 듣는 것만으로 지호는 가슴이 두근거렸다.

'거절할 수 없는 제안이야.'

예산 걱정 없이 영화를 찍을 수 있다는 건 모든 감독들이 원하는 이상향이었다. 그럼에도 그는 섣부른 결론을 내리지 않았다.

'하지만 경쟁 배급사나 제작사들도 그렇게 생각하겠지. 20세기 폭스의 제안을 허물 방법을 생각해 낼 거야.'

지호는 서두를 이유가 없었기에 차분하게 답했다.

"좋은 제안을 해주셔서 감사합니다. 〈해피 엔딩〉과 관련된 일정을 마친 후 연락드리겠습니다."

―알겠습니다. 그럼 고대하고 있겠습니다.

제럴드는 태연하게 굴었다. 제안에 대한 자신감이 있는 것이다.

한편 전화를 끊은 지호는 노트북을 통해 〈해피 엔딩〉에 관한 여러 반응들을 살폈다.

'이런 반응 하나하나에 일일이 신경 쓰지 않았었는데…….'

점차 하나 둘 늘어가는 영화평들에 주의를 기울이게 되고 있었다. 지금이야 영화 자체가 호평 일색이니 도움이 될지 몰라도, 악평이 달릴 경우를 생각하면 그다지 좋은 습관이 아니었다.

지호는 이 점을 잘 알면서도 쉽사리 중독성을 떨치지 못했다. 늦바람이 무섭다고, 일정이 없는 시간들을 모조리 인터넷에 쏟아붓고 있는 것이다.

지혜가 고개를 저으며 물었다.

"또 댓글 봐?"

"그러게요."

지호는 노트북에서 눈을 떼고 대답했다.

"계속 확인하게 돼서 잠도 잘 못 자요. 적정선은 스스로 작품에 대한 정당한 관심이라 하더라도, 점점 도를 넘고 있는 느낌이랄까? 그래도 궁금하니 보게 되는 거죠. 힘이 들거나 건강이 악화되거나 하는 게 아니니까."

"흠."

지혜는 과자를 집어먹으며 걱정스레 말을 이었다.

"그거 안 좋은데. 그러다 관객 눈치 보면서 영화를 만들게 될 수도 있어. 전작에 대한 부담 때문에 슬럼프에 빠질 수도 있고."

"실은, 지금 좀 그래요."

지호는 며칠째 글을 읽기만 하고 쓰질 못하고 있었다. 몇 줄 써 내려가다가도 금세 불만스러워졌다. 계속 쓰고 지우길 반복하다 보니 전처럼 즐겁기는커녕 기가 질리는 것이다.

그의 얼굴을 빤히 들여다보던 지혜가 어깨를 으쓱이며 대답했다.

"사실 너무 승승장구하긴 했지. 슬럼프가 올 때도 됐어. 보통 사람이었으면 진작 그런 과정을 거쳤을 거야. 세계 영화 팬들의 기대와 관심을 받고 스타덤에 올랐는데 멀쩡하면 그게 더 이상하잖아?"

"그건 그렇죠."

지호는 피식 웃었다.

누구나 겪는 슬럼프.

그렇게 생각하니 마음이 좀 편했다.

잠시 후 지혜가 이어 말했다.

"너무 조급하게 생각하지 말고 한국에 가면 자신을 돌아보는 시간을 가져봐. 수많은 관객들을 실망시키지 않으려면 스스로의 마음부터 다스릴 수 있어야 하지 않겠어?"

지호는 마음을 편히 먹고 한국으로 떠났다. 그는 〈해피 엔딩〉 홍보에 관한 사항들을 처리할 대리인으로 지혜를 남겨두었다.

따라서 귀향길에는 지원, 수정이 동행했다. 아쉽게도 리나는 TV쇼 출연 스케줄이 있었던 탓에 함께하지 못했다.

그 결과 일행은 워너 브라더스에서 제공한 전세기를 타고 인천국제공항에 들어섰다.

"떠난 지 얼마나 됐다고, 엄청 오랜만인 것 같네요."

지원의 속마음을 들은 수정이 빙그레 웃으며 대답했다.

"동감이야. 미국에서 바쁘게 지내서 그런가? 시간은 정신없이 지난 것 같은데, 한국에는 한참 만에 돌아온 기분이야."

지호도 말은 하지 않았지만 같은 생각이었다.

'그래도 고향 땅이 편해.'

하지만 그 생각은 게이트 밖으로 나가기 전까지만 유효했다. 일정을 시사회 날짜보다 앞당겨 비밀리에 진행했는데도 불구하고 공항에는 무수한 취재진이 나와 있었던 것이다.

"왔다!"

어디선가 터진 탄성과 함께 기자들이 우르르 몰려들었다.

환한 카메라 플래시가 정신없이 터졌다.

난데없는 플래시 세례에 지호와 지원이 눈이 찌푸려졌고, 이런 상황에 익숙한 수정은 준비해 둔 선글라스를 착용했다.

"즐겨요, 즐겨."

그녀는 씨익 웃으며 손을 흔드는 여유까지 보였다.

여유를 보이는 수정과 다르게 지호와 지원은 잽싸게 자리를 벗어났다.

그사이 지원이 억지웃음을 지으며 변명하듯 말했다.

"괜히 표정 찡그렸다가 구설수에 오를 수도 있으니까."

"이럴 때마다 배우가 힘들단 생각을 해."

묻지 않았음에도 맞장구를 쳐준 지호가 함께 웃으며 공항을 나섰다. 인파로 복잡한 실내를 벗어나 바깥 공기를 맡는 순간이 이렇게 반가울 수 없었다.

그러나 공항 밖에서 대기하던 기자들이 사진을 찍어댔다.

찰칵, 찰칵.

그들을 쫓아낼 수는 없는 일.

지호, 지원, 수정은 공항 보안 요원의 안내를 받아 대기하고 있던 차량들 앞에 도착했다. 지원과 수정은 소속사에서 보내 준 밴이었고, 지호는 워너 브라더스 코리아에서 보낸 고급 외제 차였다.

"그동안 고생하셨습니다."

지호가 인사하자 수정이 선글라스를 살짝 내리며 답했다.

"그럼 시사회장에서 만나요. 감독님."

지호에게 바쁘게 손을 흔들며 인사한 지원이 수정에게 고개를 꾸벅 숙이며 인사했다.

"그때 다시 봐. 선배님도 조심히 들어가세요!"

그녀들이 밴을 타는 모습을 끝까지 지켜본 지호는 멀리서 사진을 찍어대는 기자들을 일별하고 차에 탑승했다.

그러자 운전대를 잡은 남자가 말을 걸어왔다.

"워너 브라더스 코리아의 사원 최준성입니다. 뵙게 돼서 영광입니다!"

"반갑습니다."

지호는 대수롭지 않게 대답했다. 자신보다 연장자에게 대우를 받는 일이 어느새 익숙해진 것이다.

활짝 웃은 준성이 밝게 물었다.

"워너 브라더스 코리아 사옥으로 모시겠습니다. 출발할까요?"

"네, 좋습니다."

대답을 들은 준성이 사옥을 향해 출발했다. 보조석에 앉은 지호는 창밖에 펼쳐진 한국 도심의 풍경을 보는 데 여념이 없었다.

그때 준성이 재차 입을 열었다.

"역시 비싼 차라 잘 나가네요. 감독님 아니었으면 제가 언제 이런 차를 타보겠어요? 하하하! 이쪽 업계가 처음에는 워낙 박봉이라⋯ 그래도 저는 영화를 좋아하는 마음에 입사를 했습니다."

그는 수다스러운 성격이었다.

조용히 창밖을 감상하며 이런저런 생각을 하고 싶었던 지호는 대충 추임새만 맞추었다.

"그렇군요."

고개를 끄덕인 준성이 눈치 없이 말을 이었다.

"네. 지금은 배급사에서 일하고 있지만 저도 언젠가 감독님처럼 멋진 영화감독이 되는 게 꿈입니다. 감독님은 제 우상이

세요!"

그의 목소리에서 열정이 묻어났다.

이쯤 되자 지호는 성의 없이 맞장구를 치는 건 예의가 아니란 생각이 들어 고개를 돌렸다.

"아직 한참 부족한 저를 그렇게 생각해 주셔서 감사합니다."

누군가는 배부른 겸손으로 생각할 수 있겠지만, 진심 어린 대답이었다. 그는 영화에 대한 인터넷 반응에 집착하게 된 후부터 부담감에 글을 쓰지 못하고 있는 상황이었다. 이러한 부담에도 흔들리지 않고 뚝심 있게 주관을 가지고 영화를 여러 편 만들어내는 기성 감독들이 존경스러웠다.

한편 그 같은 고민을 꿈에도 모르는 준성은 내심 감탄했다.

'역시 잘난 사람은 내면도 겸손해!'

실은 지호의 방문 소식을 들은 워너 브라더스 코리아의 직원들 사이에는 출처 모를 소문이 돌고 있었다. 어린 나이에 성공을 거둔 데다 완벽 주의를 추구하는 괴짜라서 비위를 맞추기가 힘들 거라는 추측이었다.

하긴, 대부분 천재 소리를 듣는 감독들은 괴팍한 경우가 다반사였기 때문에 그런 오해를 사도 이상할 건 없었다.

"감독님은 제 예상대로 인품도 멋지시네요. 저는 배급사에서 최대한 많은 것을 배워서 나갈 거예요. 제가 일한 경험과 자산을 바탕으로 감독의 삶으로 뛰어들면 어떨까요? 쿠엔틴 타란티노(Quentin Tarantino) 감독도 영화감독이 되기 전 비디오테이프 가게 점원으로 일하며 꿈을 키웠잖아요?"

포부 가득한 계획을 들은 지호는 조심스레 되물었다.

"실례가 안 된다면 제가 조언을 해도 될까요?"

"그럼요! 물론이죠. 감독님께 조언을 들을 수 있는 자체만으로도 영광입니다."

준성이 승낙하자 머릿속 생각을 정리한 지호가 입을 열었다.

"방금 말씀하신 쿠엔틴 타란티노 감독이 말했죠. '영화감독이 되려거든 당장 카메라를 들고 뛰쳐나가라'고요. 그가 비디오테이프 가게 점원으로 일하며 보았던 무수한 영화들은 분명 감독 생활에 도움이 되었겠지만, 영화는 언제 어디서든 볼 수 있죠. 무엇보다 중요한 건 영화를 직접 만들어보는 경험이에요. 한 작품, 한 작품 끝낼 때마다 새로워진 나를 마주합니다."

실제 영화를 만들고 있는 감독의 경험담이었다.

그것도 세계적으로 인정받은 영화감독의 경험담.

준성은 귀를 쫑긋 세우고 물었다.

"제가 지금이라도 영화를 찍어야 한다는 말씀이신가요?"

"글쎄요. 적어도 준성 씨가 장차 인정받는 영화감독이 되고 싶다면 그래야 한다고 생각해요. 꿈을 가지고만 있다면 그건 마음의 고통일 테니까요."

지호는 꿈에 도전하지 못하는 것을 합리화할 필요는 없다고 여겼다. 그럴수록 다른 누구도 아닌 자신이 불행해질 뿐이기 때문이다.

잠시 생각하던 준성이 나지막이 읊조렸다.

"꿈을 가지고만 있는 건 고통이다……."

이내 지호가 다시 입을 열었다.

"사람들은 대부분 영화처럼 살길 원하죠. 그중에는 자신의 인생은 별 볼일 없다고 생각하는 사람도 있어요. 만약 준성 씨가 그래서 영화감독을 꿈꾼다면 앞으로도 이런저런 이유들을 붙여가며 도전하지 못할 겁니다. 하지만 정말 영화감독이 되고 싶은 거라면 시간 낭비를 하면 안 됩니다. 저는 감독으로서의 자질이 영화를 연출하기에 앞서 자신의 삶을 연출할 줄 알아야 한다고 생각해요. 뚜렷한 주관을 갖고 때로는 고집스럽고 무모하게, 때로는 유연하고 신중하게 행동해야 하죠."

그에 준성이 진지한 표정으로 물었다.

"감독님은 어떻죠? 때로는 무모하고, 때로는 신중하신가요?"

"제 모든 판단이 옳진 않지만, 한 번 결정을 내린 부분에 대해선 그렇게 행동한다고 생각합니다."

이는 준성에게 해주는 조언이었지만 지호 자신에게 하는 말이기도 했다. 지호는 고개를 돌려 착잡한 마음처럼 흐린 하늘을 바라보았다.

'각본을 쓰지 못하는 감독은 반쪽짜리에 불과해. 지금처럼 스스로에 대한 확신을 잃고 갈피를 못 잡는 상태에선 어떤 글도 쓸 수가 없다.'

올라가기만 해봤기에 내려가는 길에 멈추는 법을 몰랐다. 그동안의 호재가 부메랑처럼 악재로 돌아온 셈이다.

'이제 어떻게 해야 하지?'

워너 브라더스 코리아로 향하는 길.

지호와 준성은 깊은 고민에 빠졌다.

*　　　　*　　　　*

워너 브라더스 코리아에 사옥에 도착한 지호는 바로 한국 지사장과 면담을 하게 되었다. 거물급 감독이 되었다는 사실을 재확인하는 순간이었다.

지사장 강찬수는 명함을 건네며 그를 환영했다.

"반갑습니다! 저는 워너 브라더스 코리아 사장직에 있는 강찬수라고 합니다. 오시는 길에 불편한 점은 없으셨습니까?"

"네. 신경 써주신 덕분에 편하게 올 수 있었습니다. 감사합니다."

명함을 건네받은 지호가 대답했다.

두 사람이 마주 앉자 비서가 차를 두 잔 내왔다.

강찬수가 차를 권하며 말했다.

"감독님이 핫초코를 좋아하신다는 말을 듣고 준비해 봤습니다."

대접만 극진한 게 아니라 취향 조사까지.

지호는 감개무량한 기분으로 맛을 봤다.

"달고 맛있네요. 저에 대해 저보다 더 잘 아시는 것 같은데요."

"하하! 감독님의 취향 정도는 본사에서 알려줬지요. 제가 조사한 내용은 따로 있습니다. 여기에 오시라고 한 이유도 바로 그 내용 때문이고요."

그렇게 말한 강찬수가 파일을 하나 건넸다.

안에 정리되어 있는 문서를 열어본 지호는 턱을 쓸며 물었다.

"…제가 각색했던 〈투데이〉의 원작과 각본을 비교해 뒀네요. 그런데 이걸 왜 제게……?"

"감독님의 각색 실력을 면밀히 검토했다는 자료입니다. 이외에도 넘겨보시면 여러 가지 자료들이 있습니다. 감독님이 쓴 각본이 영화로 만들어졌을 때의 흥행 성적과 관객 및 평단 평가, 직접 총괄 프로듀서로 참여하신 〈우주〉의 성적, 그 외에 감독님이 전권을 갖고 추진하신 작품들에 대해서도 비교·분석을 해봤죠. 이 모든 자료들이 감독님의 능력을 뒷받침해 줄 겁니다. 장차 워너 브라더스에서 야심차게 선보일 차기 시리즈물의 전권을 받으실 수 있도록."

"그게 무슨……."

지호는 벙 쪄서 물었다.

"설마 워너 브라더스의 차기 시리즈물을 맡아달라는 말씀이십니까?"

분명 20세기 폭스에 못지않은 제안이었지만, 한 글자도 쓰지 못하고 있는 지금 당장에는 부담스러운 제안이었다.

그 심정을 전혀 모르고 빙그레 웃은 강찬수가 고개를 끄덕였다.

"본사에서 자료를 요청했습니다. 그러니 곧 본사 측에서 제안이 갈 겁니다. 다만 제가 먼저 말씀드리는 이유는, 저희 워너 브라더스를 우선순위의 파트너로 생각해 달라는 의미입니다."

벌써부터 배급사들의 경쟁 구도가 생겨나고 있었다.

지호가 한국에 오기 전 짐작했던 상황이 예상보다 앞당겨 벌어지고 있는 셈이었다.

'이렇게 빨리 움직일 줄은 몰랐는데.'

그가 남모르는 고민에 빠진 사이 강찬수가 말을 돌렸다.

"20세기 폭스와 파라마운트에서도 제안이 간 것으로 알고 있습니다. 천천히 생각해 보십시오. 그럼 본론으로 돌아와서… 여기, 〈해피 엔딩〉 내한 일정표입니다."

지호는 그가 내미는 일정표를 받아보았다.

"빼곡하군요."

잠시도 쉴 틈 없이 전국 상영관을 순회하는 스케줄이었다.

어깨를 으쓱인 강찬수가 대답했다.

"감독님 컨디션에 맞춰서 어느 정도 조정할 수 있습니다. 무리가 되실 것 같으면 미리 말씀해 주십시오. 다만, 전국의 관객들이 감독님을 보고 싶어 할 것 같아 만들어본 스케줄입니다."

"무대 인사는 가능한 모두 소화할 생각입니다."

이내 스케줄 표에서 눈을 뗀 지호가 말을 이었다.

"단, 예능 프로그램 단체 출연이나 이벤트 스케줄은 제외해 주시길 바랍니다. 그 시간과 체력을 활용해 극장을 한 곳이라도 더 방문하고 싶습니다."

귀국 일주일 후부터 〈해피 엔딩〉 감독과 배우들의 내한 시사회 일정을 진행하기로 되어 있었기 때문에 지호는 우선 헤이리 마을의 집으로 가야겠다고 마음을 먹었다.

'삼촌을 뵙고 조언을 구해야겠어.'

슬럼프 탈출을 위해 당장 기댈 만한 사람은 서재현뿐이었다. 그는 사사로이 지호의 대부였지만, 그에 앞서 국내 영화계에 한 획을 그은 선배 영화감독이었다.

워너 브라더스 코리아는 지호가 한국에 머무는 동안 일정을 안내해 줄 운전기사 겸 가이드로 준성을 붙여주었다.

"또 뵙네요, 감독님!"

"그러게요. 앞으로 당분간 매일 뵐 것 같습니다."

"모시게 돼서 영광입니다. 하하!"

대답한 준성이 시동을 걸고 물었다.

"어디로 모실까요?"

"헤이리 마을로 가주세요."

"알겠습니다!"

지호는 창밖으로 시선을 돌렸다.

풍경은 주차장, 차들이 달리는 아스팔트 대로, 한적한 헤이리 마을 순으로 바뀌었다. 한참을 달리던 차는 수풀과 호수가 형형색색 어우러진 곳에 멈춰 섰다.

준성이 뒤돌아보며 물었다.

"여기가 감독님 집인가요?"

"그렇죠. 집… 맞아요."

미소 띤 지호가 차에서 내려 기지개를 켰다. 그는 운전석에 대고 말했다.

"식사하고 가시죠."

"네?"

준성은 병 쪘다. 돌아가는 길, 갓길에 차를 세워둔 채로 먹으려고 편의점에서 도시락을 사놨던 것이다.

물론 따끈따끈한 집 밥을 먹는 편이 더 좋겠지만.

이내 지호가 물었다.

"함께 식사하시면 좋을 것 같아서요. 혹시 이후에도 다른 일정이 있으신가요?"

"아, 아뇨. 여기서 퇴근입니다. 저야 감사하죠! 하하하!"

준성은 차에서 냉큼 내렸다. 그러나 마음 한구석에선 걱정도 됐다.

"혹시 가족 분들께서 불편해하지 않으실까요?"

"괜찮을 거예요. 손님을 그냥 돌려보내는 쪽을 더 불편하게 여기실 분들이라."

대수롭지 않게 대답한 지호가 문을 두드렸다.

그리고 잠시 후, 미리 연락을 받았던 숙모가 문을 열어 주었다.

"지호야, 이게 얼마만이니?"

"그러게요, 숙모. 얼굴 잊어먹을 뻔했어요."

"그래그래, 너무 고생 많았다! 어서 들어오너라. 얼마나 바쁘면 무슨 연례행사처럼 만나는구나."

반갑게 인사를 나눈 이지은은 그제야 준성을 발견하고는 물었다.

"그런데 이쪽 분은 누구시니?"

준성이 허리를 90도로 숙이며 대답했다.

"워너 브라더스 코리아의 최준성이라고 합니다! 신지호 감독님이 한국에 계신 동안 보필하게 됐습니다!"

"그렇군요. 멋진 곳에서 일하시는 분이었네요."

빙그레 웃은 이지은이 말을 이었다.

"자, 서 계시지 말고 안으로 들어오세요."

그녀의 환영을 받은 지호와 준성이 집 안으로 들어갔다.

두 사람은 때마침 서재를 나선 서재현과 맞닥뜨렸다.

"삼촌!"

지호가 성큼 다가서며 가볍게 포옹했다. 가까이서 본 삼촌의 얼굴은 전에 비해 많이 노쇠해 있었다.

'그동안 영화 만드는 데에 정신이 팔려서 너무 무심했는지도.'

자주 통화를 했지만 그것만으로는 충분치 않았다. 서재현과 이지은이 이해해 줄수록 더욱 미안한 마음이 들었다. 갈 곳 없는 고아였던 자신을 돌봐주고 키워준 두 사람에게 은혜를 갚지 못한다면 언제까지고 마음의 빚으로 남을 터였다.

"삼촌, 숙모. 보고 싶었어요."

지호는 새삼 두 사람을 번갈아 보며 애정을 표현했다.

빙그레 웃은 서재현이 기침을 하며 대답했다.

"콜록, 콜록! 또 한 번 좋은 영화를 만들었더구나. 〈해피 엔딩〉는 유료 시사회에 가서 봤다. 콜록!"

"어디 편찮으신 거예요?"

지호가 묻자 서재현이 손사래를 쳤다.

"아니다. 내 나이쯤 되면 한두 가지 병치레는 달고 사는 게야. 콜록!"

"그래도 몸조리 잘하세요, 삼촌."

지호는 못내 걱정스러운 표정으로 이지은에게 고개를 돌렸다.

"숙모. 수열이는 방학 동안 믿을 만한 스태프가 돌봐주기로 했어요. 함께 귀국하면 어떻겠냐고 하니 좀 더 구경하고 싶다더라고요."

"이지혜라는 스태프 맞지? 벌써 통화했다."

이지은은 지혜와 수열의 전화를 진작 받았다.

잠시 후, 고개를 끄덕인 지호가 배에 손을 대고 너스레를 떨었다.

"그나저나 너무 배고파요. 숙모."

"내 정신 좀 봐! 잠깐만 있으렴. 금방 저녁밥 차려줄게."

그녀는 준성에게도 양해를 구했다.

"잠시만 앉아서 기다려요."

"아! 감사합니다. 하하."

준성은 머리를 긁적이며 대답했다.

서재현은 거실의 소파에 앉으며 두 사람에게 말했다.

"지호도 이리 와서 앉고, 자네도 좀 앉게나. 콜록, 콜록!"

"네, 삼촌."

"알겠습니다!"

나란히 앉은 채 준성이 목소리를 낮춰 물었다.

"감독님 덕분에 서재현 감독님을 다 뵙네요. 제 우상을 뵙다니. 후… 정말이지 긴장됩니다."

지호에게도 '우상'소리를 했던 것을 보면 호칭에 후한 인심을 쓰는 사람이지 싶었다.

피식 웃은 지호가 대답했다.

"삼촌은 좋은 분이시니 편하게 대해도 될 거예요."

그때 미처 두 사람의 대화를 듣지 못한 서재현이 입을 열었다.

"지호야. 어디 한번 말해보거라. 콜록! 할리우드는 어떻더냐?"

거무죽죽한 안색에도 불구하고 서재현의 두 눈만은 밤하늘의 별처럼 빛나고 있었다.

그에게 영화를 향한 사랑과 열정을 본 지호는 괜스레 가슴이 뭉클하고 눈시울이 뜨거워졌다.

"할리우드는……."

갑작스레 목이 메었다. 영화를 그토록 사랑하면서도 더 이상 메가폰을 잡지 못하는 삼촌을 보며 마음이 아렸던 것이다.

잠시 심호흡을 한 지호가 말을 이었다.

"할리우드는 꿈속의 도시였어요. 세계 영화사의 길이 남을 거물들을 만났죠. 먼저 세계적인 영화사 파라마운트 픽쳐스(Paramount Pictures Corporation)의 본사는……."

*   *   *

준성은 몽롱한 눈빛으로 이야길 들었다. 영화인에게 할리우드는 단숨에 빨려 들어갈 수밖에 없는 화젯거리였던 것이다.

서재현 또한 준성과 똑 닮은 표정을 짓고 있었다. 그는 자신이 못다 이룬 꿈을 하나하나 완성해 나가는 지호가 부럽고 대견했다.

말을 시작한 지 얼마 안 된 것 같았는데, 지호는 어느새 이야기의 매듭을 짓고 있었다.

"…그래서 내한 시사회 일정을 잡고 한국에 들어오게 된 거죠."

"그것 참 기가 막히는군!"

상체를 바짝 숙이고 듣던 서재현이 소파를 박차며 일어났다.

그는 기침에 시달리던 노인 같지 않은 힘찬 음성으로 이어 물었다.

"영화사에 헤아릴 수 없이 많은 명작을 탄생시킨 할리우드 최고의 영화사들이 너를 놓고 경쟁을 벌이고 있다는 뜻이 아니냐? 콜록, 콜록!"

"그들이 원하는 대상이 저 하나는 아니겠지만… 운 좋게도 저를 두고 경쟁사들 간에 자존심 싸움이 벌어진 건 맞죠."

지호는 겸손하게 대답했지만, 준성은 그 사실을 부정했다.

"아닙니다! 감히 워너 브라더스 코리아의 직원으로서 말씀드리자면, 본사에선 신 감독님의 능력을 정말 높이 판단하고 있습니다. 아무리 경쟁사들과의 경쟁에 눈이 멀었다고 해도 그만한 능력이 없는 감독을 상대로 파격적인 제안을 내놓진 않죠. 그런 경우는 단 한 차례도 없습니다."

그 말에 지호는 어색하게 웃었다.

그러나 서재현은 흡족한 표정을 지었다.

"네가 장하다. 될성부른 재목인 줄은 알아봤지만, 이런 큰일을 낼 줄은… 콜록, 콜록. 대단하구나."

세 사람이 화기애애하게 이야기하고 있을 때였다.

이지은이 부엌에서 큰 소리로 그들을 불렀다.

"다들 식사는 하고 수다 떠세요!"

그녀의 부름을 받은 세 사람은 식탁으로 갔다.

서재현이 먼저 밥술을 뜨며 말했다.

"참으로 경사스러운 일이야. 밥 먹자."

"네, 삼촌."

지호는 빙그레 웃으며 대답했다.

준성 역시 이전처럼 활기차게 인사했다.

"잘 먹겠습니다!"

식탁 위는 금세 수저를 놀리는 소리로 메워졌다.

지호는 말할 것도 없고, 준성도 뱃가죽이 등가죽에 들러붙을 지경이었다. 마침내 배가 어느 정도 부른 지호가 말했다.

"삼촌, 여쭤볼 말이 있어요."

"말해보거라."

서재현이 수저를 내려놓으며 물었다.

잠시 후, 시선을 맞추고 있던 지호가 입을 열었다.

"최근 유명세를 타면서 계속 신경이 쓰여요. 관객들의 기대에 부응해야 한다는 부담감에 휘둘려서 지금은 글을 써도 만족스럽지 않은 지경까지 왔어요. 저는 처음 느껴보는 불안감이에요."

그는 준성이 있는데도 불구하고 태연히 이어 물었다.

"기성 감독들은 차기작에 대한 부담을 어떻게 떨쳐내는 거죠?"

그때 이지은이 후식으로 따뜻한 유자차를 내왔다.

천천히 맛을 음미한 서재현이 되물었다.

"왜 부담을 떨쳐내야 한다고 생각하느냐?"

"네?"

지호는 멍청한 얼굴이 되었다.

그에 서재현이 말을 이었다.

"부담을 안고 고민하고, 또 고민하는 게지. 그 고민들이 모여 좋은 작품이 나오는 게다. 모든 예술의 궁극점은 놀랍도록 단순하지만, 그 단순한 진리를 얻기까진 수많은 고민들을 거쳐야 하는 법이야. 부담을 군이 의식하지 마라. 좌절감이 들면 좌절하고, 열병이 찾아올 땐 앓으면 된다. 네게 찾아온 갈등을 직면할 줄 알아야 돼."

어깨 너머로 조언을 듣던 준성은 충격을 받은 얼굴이었다. 서재현의 결론이 너무나 단순했기 때문이다. 그는 어떤 슬럼 프든 겪어서 이겨내라 하고 있었다.

한편 지호는 가슴 깊이 와닿는 바가 있었다.

'나는 곱게 자란 티를 내며 고난을 피하려고만 했다.'

그는 엘리트 코스를 밟았다. 우수한 대학에 진학해 지금껏 관객들의 찬사만을 받아왔다. 영화감독이란 목표에 있어선 가시밭길보다 탄탄대로에 익숙한 삶을 살아온 것이다. 지호는 어쩌면 지금 마주한 시련이 어떤 전환점이 될 수 있으리라는 직감을 했다.

"내면의 문제와 어떻게 직면해야 할까요? 지금처럼 지내도 되는 걸까요?"

지호가 묻자 서재현은 고개를 저었다.

"대답은 네 스스로 구해야 한다. 그래야만 문제에 대한 내성이 생길 테고, 네가 지금 앉은 자리의 부담을 버텨낼 수 있는 재목이 될 수 있다."

누구도 해답을 내줄 수는 없다.

모든 것은 오로지 지호의 몫이라는 뜻. 여유 넘치던 지금까지와 다르게 고뇌에 찬 지호의 맨 얼굴을 본 준성이 낮게 속삭였다.

"감독님, 오늘 보고 들은 이야기는 함구하겠습니다."

그가 만약 지호가 슬럼프에 빠져 마음껏 글을 쓰지 못하는 상태란 것을 동네방네 떠들고 다닌다면 파격적인 조건의 제안들에도 문제가 생길 것이 분명했다.

그러나 지호에게 그건 더 이상 중요치 않았다.

'일단은 지금 이대로 반복해 보자. 그래도 안 되면 슬럼프를 극복할 새로운 방법들을 생각해내면 돼. 지금까지처럼, 난 뭐든 할 수 있다.'

그는 마음을 다졌다.

대화 주제가 무거웠던 만큼 식사자리는 어수선하게 파했다. 분위기가 그렇다 보니 눈치를 보던 준성도 금방 인사를 했다.

"저도 이만 가봐야 할 것 같습니다. 시간이 늦기도 했고, 내일 또 출근해야 하니까요. 하하하!"

내일은 주말이었지만 꼬투리를 잡는 이는 없었다.

지호는 문까지 배웅을 했다.

막 떠나기 전, 준성이 물었다.

"감독님. 워너 브라더스 측 사람인 제가 있는 자리에서 그런 말씀을 하신 이유가 뭔지 여쭤 봐도 될까요? 누구라도 자신의 문제를 드러내길 꺼려할 텐데 말이죠."

그에 미소를 띤 지호가 별게 아니라는 투로 대답했다.

"저나 준성 씨나 길 잃은 양인 것 같아서요. 우리 모두 홀

량한 영화감독을 꿈꾸지만, 앞으로 벌어질 일에 대한 두려움을 안고 있잖아요."

방으로 돌아온 지호는 노트북을 켜고 글을 쓰려 했지만 머릿속에 떠오르는 생각들을 모두 뭉쳐놓은 휴지 조각처럼 굴러다녔다.

"후……."

도무지 글이 안 풀렸다.

아니, 시작부터가 힘들었다.

예전에는 자유롭고 거침없던 구상이 지금은 밀실에 갇힌 것처럼 답답하기만 했다.

오죽하면 손가락도 뻣뻣한 느낌이다.

결국 지호는 노트북을 덮었다.

'이대로는 안 돼.'

관객들의 기대치도 기대치지만, 할리우드 메이저 배급사 여러 곳의 관심이 부담감을 증폭시켰다.

그는 마음을 정리하고 침대에 누웠다.

'정치권을 겨냥하는 사회 고발 영화를 만들 때도 좌지우지되지 않았었는데… 차기작에 대한 부담으로 휘청휘청할 줄이야.'

잠도 오질 않았다.

지호는 헤이리에서의 몇날 며칠을 그렇게 지냈다.

슬럼프는 점점 심해져 근래에는 하루 열 글자도 적지 못했다.

오죽하면 운전대를 잡은 준성이 백미러로 보며 걱정스레 물을 정도였다.

"감독님. 안색이 창백하신데, 정말 괜찮으세요?"

"겉으로 티가 나나보네요."

맥없이 미소 띤 지호는 휴대폰을 이용해 배급사들이 제안했던 계약 조항들을 검토했다.

20세기 폭스는 제작비 무제한 지원, 워너 브라더스는 높은 배당금과 새로운 시리즈물에 대한 전권 위임, 파라마운트는 전설적인 시리즈물 〈스펙터클 어드벤처〉의 각색을 제안해 왔다.

글을 쓰지 못하고 있는 자신의 슬럼프를 감안했을 때, 파라마운틴의 제안을 무조건 거르고 선택해야 했다.

하지만 지호는 슬럼프를 고려한다면 도망치는 선택밖에 할 수 없다는 생각이 먼저 들었다.

'어차피 글을 쓰지 못하는 감독은 반쪽짜리에 불과해. 삼촌 말씀처럼 포기할 게 아니라면 부딪혀야만 한다.'

가장 마음 가는 곳을 처음으로 만나볼 생각이었던 그는 파라마운트사에 답장을 작성하기 시작했다.

안녕하세요, 제리.

귀사의 제안은 잘 받았습니다.

〈스펙터클 어드벤처〉의 각색이라고요?

맙소사! 너무나 영광스러운 일이란 생각을 했습니다.

제가 그 시리즈를 처음 본 것은 열 살 때였죠.

그때부터 속편이 나올 때마다 세계인들과 함께 열광했습니다.

그러나 결정은 직접 만나서 대화를 해본 뒤 내려야겠지요.

우리가 〈스펙터클 어드벤처〉의 속편에 대해 같은 생각인지 여부가 가장 중요하다고 생각해요.

그럼에도 지금 답장을 쓰는 건 제가 귀사의 제안에 대해 긍정적으로 생각한다는 사실을 알려주고 싶었기 때문입니다.

잘 지내세요.

할리우드에 돌아가는 날 뵙겠습니다.

한 번 훑은 지호는 메일을 발송했다.

그때 불현듯 피식 웃음이 나왔다.

'편지는 술술 써지네.'

그사이 그가 탄 차는 서울의 한 극장에 도착했다.

준성이 뒤를 돌아보며 말했다.

"감독님, 도착했습니다!"

"감사합니다."

고개를 가볍게 숙여 보인 지호가 차에서 내렸다. 그는 이제 익숙한 극장 뒷문을 통해 안으로 들어갔다.

말끔한 정장에 극장 로고가 새겨진 명찰을 달고서 기다리던 여성 슈퍼 바이저가 친절한 목소리로 인사했다.

"반갑습니다, 신지호 감독님. 전 오늘 〈해피 엔딩〉 내한 시사회의 총괄을 맡은 슈퍼 바이저입니다."

그녀는 능숙하게 지호를 게스트 룸으로 안내했다.

"이 안에서 기다려 주시면 진행 요원을 통해 일정을 설명해 드리겠습니다."

"감사합니다."

지호는 문을 열고 들어갔다.

안에는 이미 여배우들이 도착해 있었다.

김밥을 먹고 있던 지원과 수정이 말했다.

"어? 우리 감독님 왔어요, 선배님."

"신 감독님, 이리 와서 김밥 좀 드세요."

지호는 머쓱하게 웃으며 대답했다.

"아네요. 밥 먹고 왔습니다. 맛있게들 드세요."

그는 혹시나 하는 마음에 이어 물었다.

"그나저나 여배우들도 김밥을 먹네요? 365일 체중 관리하는 줄 알았는데."

"그래서 소고기 김밥이나 참치 김밥은 잘 못 먹어요."

씨익 웃은 수정이 젓가락으로 김밥을 들어 올려 보여주며 덧붙였다.

"멸치, 고추 같은 것만 넣은 김밥이죠. 심지어 단무지도 뺐어요."

"무슨 맛으로 먹는 거예요?"

고개를 절레절레 젓은 지호가 묻자 지원이 대신 답했다.

"선배님이나 나나 김밥이 너무 먹고 싶었는데, '냄새라도 맡자!' 해서 이렇게라도 맛보는 거야."

모든 여배우들이 그런 건 아니었지만, 살이 찌는 체질을 타고난 여배우들은 그렇지 않은 여배우들보다 철저한 관리를 해야만 했다.

당장 광고 촬영이 생겨도 며칠만 굶으면 평소대로 돌아갈 수 있는 정도를 만들어 놔야 하는 것이다.

하지만 사람이 365일 같은 몸매를 유지하기란 인위적인 조절 없이는 요원한 일.

그녀들은 술안주를 먹을 때에도 물에 씻어 먹는 등, 가혹한 식단 관리와 하루도 빠지지 않는 운동을 병행했다.

단순히 필요할 때 몸을 만드는 남자 배우들에 비해 신경을 많이 써야 하는 부분이었다.

고개를 절레절레 젓은 지호가 대답했다.

"다들 너무 무리하진 마세요. 무엇보다 건강이 최고니까."

"그래서 좋은 건 다 챙겨 먹잖아요. 지금도 제 차에 가면 영양제가 종류별로 다 있는 걸요?"

삶의 대부분을 여배우로서 살아왔던 수정은 누구보다 익숙
했다.

하지만 지원에게는 여간 고역이 아니었다.

"선배님. 미국에서 너무 많이 먹었나 봐요. 나름 고칼로리
음식 안 먹고 샐러드 위주로 때우긴 했는데… 양이 너무 많았
어요."

한편 지호는 두 여배우의 대화에 귀를 기울이고 있었다.

대부분 일상적인 말들뿐이고, 여배우가 아니라면 공감하기
힘든 주제였지만, 감독은 배우에 대해 속속들이 이해하고 있
어야만 했다.

사소한 관심이 상대를 감동시키는 법.

조금 과장해서, 여배우들의 식단 하나조차 신경 쓸 준비가
되어 있는 감독만이 배우들의 사랑을 독차지할 자격이 있는
것이다.

'여배우에 대한 지나친 관심이 집착으로 변하는 경우도 종
종 있긴 하지만.'

스릴러 영화라는 장르를 확립한 그 분야의 1인자 알프레드
히치콕(Alfred Hitchcock) 역시 여배우에 대한 집착이 심했다
는 후문이 있었던 것처럼, 이러한 감독의 관심은 양날의 칼처
럼 작용했다.

감독은 대체적으로 배우들이 잘 보이려드는 존재다.

그중 여배우들은 대외적으로 고귀하고 아름답다.

감독의 콧대가 높아지다 보면 오해도 생기고, 관심도 생기고, 관심이 사랑이나 집착으로 발전하기도 하는 것이다.

우두커니 서서 이런저런 생각을 하던 지호에게 수정이 불쑥 말을 걸었다.

"감독님은 저를 비롯한 배우들이 감독님을 왜 좋아하고 따르는지 아세요?"

"글쎄요, 궁금하네요."

그가 흥미를 보이자 그녀가 대답했다.

"배우들이 가장 싫어하는 감독은 실력은 쥐뿔 없는데 자존심만 있는 감독들이에요. 두 번째로 싫어하는 감독은 실력은 있는데 배우들을 무시하는 감독이죠. 그 다음 세 번째 비호감은 실력도 있고 존중도 해주는데, 여배우만 보면 찝쩍대는 감독이에요. 뭐… 이건 배우들 대부분 내성이 생겨서 그런지 그러려니 하지만. 그리고 마지막으로 배우들이 좋아하는 감독!"

씨익 웃은 수정이 지호를 가리켰다.

"감독님처럼 실력 있고, 우리를 존중해 주는 분들이에요. 그런 분들은 대개 우리를 유별난 시선으로 바라보지도 않죠. 함께 작업하면 정말 마음이 편해요."

이쯤 되면 대놓고 하는 금칠이다.

지호는 낯이 간지러웠다.

"제가 함께 일하고 싶은 감독이라서 기분 좋네요."

"다음에 또 불러달라고 말씀드린 거예요."

대수롭지 않게 대답한 수정은 지원을 보며 걱정스럽게 읊조렸다.

"처음부터 좋은 감독님을 만나서 세상 물정을 너무 모를 것 같은데… 이쪽 바닥에 적응하려면 마음 단단히 먹어야 해."

모든 일이 그렇듯 여배우로 살아간다는 것도 보이는 게 다가 아니었다.

그녀들만의 고충과 애로 사항은 누구에게 하소연하기도 힘들다.

지원은 살짝 웃으며 대답했다.

"저도 제가 걱정돼요, 선배님."

"인간은 환경에 적응하는 동물이니 아마 잘할 수 있을 거야. 너무 쫄진 말고."

윙크를 날린 수정이 칫솔에 치약을 짰다.

그렇게 두 배우는 이를 닦고 준비를 마쳤다.

진행 요원이 게스트 룸에 들어온 것은 그때였다.

그는 지호와 배우들을 일별한 뒤 말했다.

"관객들이 기다리고 있습니다. 세 분 모두 이동하시겠습니다!"

"알겠습니다."

지호와 배우들은 진행 요원을 따라 움직였다.

어두운 극장 안에 들어가자 객석에서 환호가 들려왔다.

와아아아!

동시에 휴대폰 플래시가 터졌다.

관객들은 환호하고 사진을 찍기 바빴다.

영화를 냈다 하면 기대 이상의 가치를 선사하는 지호는 그들에게 이미 믿고 보는 감독이었다.

다시 말해 영화사들 입장에선 흥행 보증수표인 셈이다.

또한 팩트만 가지고 정치권을 신랄하게 비판한 사회 고발 영화의 감독이었고, 수차례 위협을 받으면서도 용기를 냈던 영웅이었다.

바로 그런 그가 승승장구해 만든 할리우드 영화의 시사회인 것이다.

극장 안은 물론, 밖에까지 많은 인파가 몰려든 상태였다.

오죽하면 진행 요원이 조용히 말했다.

"지금 밖에 상황이 너무 혼잡해서 퇴장하실 땐 바로 주차장으로 이어지는 직원용 엘리베이터로 모시겠습니다."

관객들은 감독과 배우들의 외모에 한 번 더 감탄했다.

그들의 반응을 보며 지호와 배우들은 감격했다.

무대 인사를 처음 진행했던 미국 할리우드의 극장과는 비교도 안 되는 환영이었던 것이다.

수정이 지호와 지원, 두 사람에게 물었다.

"그래도 고향이 좋긴 좋죠?"

"뜨거운 환영에 몸 둘 바를 모르겠네요."

지호 말을 지원이 받았다.

"맞아요. 전 정말 상상도 못 했어요. 한국 떠날 때와 이렇게 다르다니……."

그녀로서는 단숨에 스타덤에 오른 것이다.

이게 바로 유명 감독의 작품에 출연한 대가였다.

지원의 반응이 재미나다는 듯 웃은 수정이 그 점을 되짚어 주었다.

"아마 감독님이 〈해피 엔딩〉 여주인공 배역에 오디션 공고를 내셨다면 여배우들이 천 단위는 넘게 몰렸을 거야."

"후, 그렇겠죠?"

지원으로서는 지호에게 다시 한 번 고마움을 느끼는 순간이었다.

너무 감정이 격해졌는지, 그녀는 눈시울을 붉히기까지 했다.

이내 저절로 생성된 포토 타임이 지나고, 사회자가 입을 열었다.

"중간에 상영관을 나가실 분은 뒷문을 이용해 주시면 감사하겠습니다. 자! 그럼 감독님과 배우 분들을 모시고 질문하는 시간을 갖도록 하겠습니다. 모든 분들에게 기회를 드릴 순 없겠지만, 질문을 하실 관객 분들께서는 준비해 주시기 바랍니다."

사회자의 말이 끝나기가 무섭게 관객들의 질문이 쇄도했다.

지호, 지원, 수정은 약 30분 동안 의자에 앉아 대답하는 시간을 가졌다.

그사이 사회자가 분위기 전환을 하거나 영화에 대한 것을 묻기도 했다.

27분쯤 지났을 무렵.

마지막 질문자로 지목된 여성 관객이 일어나 물었다.

"이번에 터진 리나 프라다 씨와의 스캔들에 대해 여쭤봐도 될까요?"

뚱딴지같은 소리에 관객들이 수군거렸다.

그러나 여성 관객은 심상치 않은 미소를 머금고 자신의 휴대폰을 들어 올린 채, 질문을 이어갔다.

"저는 〈시네마24〉 편집장 정혜린입니다. 30분 전 미국에서 터진 스캔들이 15분 전 국내 뉴스 매체에도 보도됐더군요. 기사 내용을 빌리자면 영화 촬영 도중 여러 차례 리나 프라다 씨와 한 방에 묵었다고 하던데… 이점에 대한 진위 여부가 궁금합니다."

Chapter 4
관심을 받는다는 것

돌발적인 질문을 받은 지호는 잠시 동안 할 말을 잃었다.

'설마… 연습 장면을 촬영했던 게 스캔들로 튄 건가?'

짚이는 부분이 있는 그는 헛웃음을 뱉으며 마이크를 들었다.

"루머에 불과한 내용을 공식적인 자리에서 아무런 확신 없이 질문하시다니, 좀 당혹스럽네요. 미국의 어느 언론 매체가 보도했는지는 모르겠지만 그쪽도 카더라 통신에 불과할 겁니다. 대답이 되었나요?"

그럼에도 정혜린은 쉽게 물러나지 않았다.

"확신 없는 질문이 아닙니다. 감독님께서 리나 프라다 씨가 묵었던 호텔 방에 들어가시는 사진이 나왔으니까요."

그녀는 사방을 향해 사진을 보여주었다.

사진을 본 주변 관객들이 술렁였다.

중재를 해야 될 사회자는 어쩔 줄 모르고 있었다.

돌아가는 상황을 지켜보던 지호는 마침내 미간을 찌푸렸다.

"여기서 나누기에는 부적절한 대화 같습니다. 지금은 무대 인사 중입니다. 기자님과 저만 있는 자리도 아니죠. 아니면 루머에 불과한 스캔들이나 그 사진이 오늘 관람하신 영화와 어떤 관련이 있나요?"

"…없습니다."

짧게 대답한 정혜린이 자리에 앉았다.

그러나 입가에는 득의양양한 미소가 걸려 있었다.

'보나마나 단독 인터뷰야!'

말 몇 마디를 나눴을 뿐이지만 앞뒤 내용은 쓰기 나름인 것이다.

소강상태에 접어들자 사회자가 서둘러 입을 열었다.

"흠흠, 그럼 마지막으로… 감독님께선 촬영하며 특별히 기억에 남으신 장면이 있으십니까?"

당황해서 급조한 티가 역력한 질문이었다.

그럼에도 지호는 침착하게 고개를 끄덕이며 대답했다.

"지금 기억나는 장면이 있기는 합니다. 영화 중반, 피아니스트 두 사람이 각자 연습하는 장면이 교차편집으로 경연하듯 나옵니다. 그 장면은 어떠한 연출이 가미되지 않은 장면입니다. 실제 배우들이 배역을 위해 연습하는 장면을 촬영한 것이죠."

다시 한 번 객석이 술렁였다.

연출된 장면이 아니라는 건, 놀라웠던 연주 장면들을 모두 대역 아닌 배우들이 직접 연기했다는 의미였기 때문이다.

뜸하던 객석에서 환호와 함께 박수가 쏟아졌다.

지원을 향한 찬사였다.

빙그레 웃은 지호는 그녀에게 마이크를 넘겨주었다.

그리고 마침내 지원이 입을 열었다.

"저도 그 장면은 기억에 남아요. 스태프 분들이 배우들과 함께 머물며 촬영을 했었죠. 아무런 요구도 하지 않고 연습 장면을 고스란히 담았어요. 여러분의 기대와 달리 신지호 감독님은 프라다 씨뿐만 아니라 제 방에도 자주 오셨답니다. 물론 낮이나 저녁 시간 대 촬영을 담당하셨고, 밤 촬영은 여성 스태프들이 맡았었죠."

자연스레 설명을 들은 관객들이 정혜린에게로 시선을 가져갔다.

그녀가 확실하지 않은 정보로 스캔들을 만들었던 사실이 밝혀지자 관객들은 불쾌감을 표하고 있었다.

그들 모두 영화를 통해 지호나 여배우들의 팬이 되어 있었기 때문이다.

따가운 눈총을 받은 정혜린은 얼굴이 파리하게 질렸다.

'이런……'

졸지에 역풍을 맞은 것이다.

당장에라도 비난이 쏟아질 것만 같았다.

불편한 시선들을 받으며 가시방석에 앉아 있던 그녀는 주춤주춤 몸을 일으켜 자세를 낮추고 뒷문으로 달아났다.

정혜린이 나간 순간, 객석에서 박수와 환호가 터졌다.

꼴좋다는 반응들이었다.

"…감사합니다."

덤덤한 말투로 관객들에게 인사한 지원이 마이크를 사회자에게 돌려주었다.

주도권을 넘겨받은 사회자는 순식간에 마무리된 일련의 사건에 대한 안도의 한숨을 내쉬며 이벤트를 마무리했다.

"〈해피 엔딩〉의 감독님, 그리고 배우들과 만나보는 시간이었습니다. 짧지 않은 시간 동안 적극적으로 동참해 주신 관객 여러분께 감사드립니다."

지호와 지원, 수정은 나란히 인사를 하고 안내를 받아 상영관을 빠져나갔다.

극장 밖에도 많은 인파가 몰려 있었기에 그들은 주차장으로 이어지는 직원용 엘리베이터를 탔다.

엘리베이터 안에서 수정이 제법이라는 투로 말했다.

"지원이, 순뎅이인 줄만 알았더니 보통이 아니던데? 감독님도 일부러 몰아가신 거 맞죠? 아까 그 기자 표정 봤어요? 아주 꽁무니 빠지게 도망가던데. 호호호!"

마귀할멈처럼 웃는 그녀를 향해 지호가 답했다.

"하하… 기분은 상했지만 일부러 엿 먹이려고 그런 건 아녜요. 이런 시답지 않은 일을 해명하고 싶지 않았을 뿐이죠. 그 자리에서 바로 오해를 풀어주면 정정 보도를 낼 테니까요."

그에 수정이 고개를 끄덕였다.

"하긴, 그것도 특종은 특종이죠. 하여간 확실치 않은 정보라도 특종이라고만 하면 달려드는 기자들이 문제예요. 보나마나 미국에서 터졌다는 것도 가십거리 쫓아다니는 삼류 매체 보도였겠죠. 리나 프라다가 명예훼손으로 고소할 가치도 못 느끼는 그런 곳이요."

종종 그런 매체들이 있었다.

외계인에 대한 이야기나 진실과 수천 킬로쯤 동떨어진 흥미 위주의 기사들을 싣는 매체들.

구독자들도 헛소리인 줄 알면서 재밌으니 읽는다.

이들의 수입원은 그런 구독자들을 상대로 한 광고료였다.

그리고 국내의 몇몇 비주류 매체들 또한 그런 카더라 통신을 보도하는 것이다.

〈시네마24〉의 편집장 정혜린은 사진만 보고 그럴듯하다 여겨서 밑져야 본전이란 생각으로 질문을 했던 거고.

지원은 그녀를 떠올리며 중얼거렸다.

"기삿감이 될 것 같으니까 일단 물어뜯고 보던데요?"

피식 웃은 수정이 조언을 했다.

"이번 영화로 이름을 알린 셈이니까 너도 항상 조심해야 될 거야. 네가 상상하는 것보다 더 상상 밖의 인간들이 많으니까."

"네에, 선배님."

지원이 한숨을 푹 쉬었다.

세 사람이 수다를 떠는 동안 엘리베이터는 지하 주차장에 도착했다.

문이 열리자 두 배우의 매니저들과 진행 요원들이 기다리고 있었다.

세 사람은 안내를 받아 차로 이동했다.

곧 수정의 매니저가 나머지 두 사람에게 말했다,

"감독님, 지원 씨! 마침 점심시간인데 다음 극장으로 이동하기 전에 식사하고 가시죠. 저희 대표님이 두 분께 식사를 한

끼 대접하고 싶다고 나와 계십니다."

'㈜필름'의 남길수 이사를 떠올린 지호는 딱히 내키지 않았지만, 이미 와서 기다리는 사람을 특별한 이유 없이 바람맞힐 수도 없는 노릇이었다.

"알겠습니다."

지호의 대답이 떨어진 이상 지원도 승낙한 것이나 다름없었다.

어차피 여배우들은 오늘 무대 인사 일정이 끝날 때까진 〈해피 엔딩〉의 감독이자 기획을 맡은 지호와 함께 움직여야 할 운명이었던 것이다.

그들은 각자 차를 타고 다 함께 한정식 집으로 갔다.

목적지에 도착한 지호와 지원, 수정은 남길수가 기다리고 있는 방으로 안내를 받았다.

초조한 얼굴로 기다리고 있던 남길수가 지호를 발견하고는 벌떡 일어나 인사를 했다.

"하하하! 반갑습니다. 예전에 뵀을 땐 감독님이 고등학생 때였는데, 정말 오랜만이군요."

그는 전과 달리 깍듯한 존대를 하고 있었다.

지호는 씁쓸한 미소를 지으며 악수를 받아주었다.

"오랜만입니다, 대표님."

그에 남길수가 만면에 웃음을 띠며 자리를 권했다.

"지원 씨도 반갑습니다. 자, 서 계시지 말고 앉으세요. 두 분을 모시게 되어 참으로 즐겁습니다. 동종 업계 종사하는 사람들끼리 하하호호 웃으며 점심이나 같이하자고 청한 겁니다."

모두 앉자 코스 메뉴가 나왔다.

들리는 것이라고는 새들이 지저귀는 소리뿐 침묵이 감돌자, 남길수가 어색한 분위기를 떨치려 입을 열었다.

"감독님. 〈해피 엔딩〉 잘 봤습니다. 예전 〈비밀〉을 본 뒤에는 감독님 작품을 찾아서 모두 몰아보았지요. 미쟝센 영화제에서 뵀을 때부터 어느 정도 예상은 했지만, 제 생각 이상으로 훌륭한 영화를 만드셨더군요."

"과찬이십니다."

지호는 무미건조하게 대답했다.

남길수는 서재현을 통해서 지호 아버지의 유작을 노린 적이 있었다.

뿐만 아니라 미쟝센 영화제의 심사 위원장으로 재직하던 당시에도 다시 한 번 유작을 노리는 등, 서재현이나 지호에게 실수를 저질렀다.

이처럼 안 좋은 이미지를 남긴 탓에 그는 〈비밀〉 제작 당시 투자자 명단에서 제외됐었다.

그리고 그를 제외시킨 건 다름 아닌 지호였다.

'사업가답게 굽혀야 할 땐 체면 생각 않고 굽힌다. 하지만

내게 이렇게까지 할 이유가 있을까?'

할리우드를 오가느라 자신이 한국 영화계에서 차지한 입지에 대해 무감각한 지호는 남길수의 행동이 선뜻 이해되지 않았다.

그러나 남길수의 예감은 확고했다.

'신 감독은 자신의 실력을 충분히 증명한 데다 〈비밀〉로 민심까지 손에 쥐었다. 게다가 젊어서 미래도 창창하지. 앞으로도 점점 입지를 키울 이 녀석과 척을 지어선 살아남을 수 없어'

그가 생각하는 지호는 굉장히 침착하고 이성적이며 단호했다.

〈비밀〉의 투자 제안을 거절한 것만 봐도 알 수 있다.

반면, 지호와 좋은 관계를 유지하고 있는 배우들이나 CYN 엔터테인먼트 등의 투자자들은 승승장구하며 투자금의 300%가 넘는 막대한 수익을 거두고 있었다.

그때마다 남길수는 죽을 것처럼 배가 아팠다.

즉, 그는 어떻게든 지호의 마음을 얻고 싶은 상황인 것이다.

"〈해피 엔딩을〉 보고 나서 '신 감독님과 꼭 한번 작업을 함께해 보고 싶다!' 그런 생각을 했습니다. 여기 오수정 씨야 말이 우리 회사 소속이지, 매니지먼트 쪽 지원을 받는 게 아니니까요."

사실이 그랬다.

수정은 자신이 아역 시절 소속해 있던 연예 기획사와의 계약 기간이 끝난 뒤, 개인 코디와 매니저만 데리고 회사를 나왔다.

연예 기획사의 지원을 받는 대가로 살인적인 스케줄을 소화하며 이리저리 휘둘리던 기억이 그녀를 홀로 활동하게 만든 것이다.

지금은 영화 투자 사업에 뛰어들기에 앞서 '㈜필름' 명예 이사를 겸직하고 있었다.

따라서 그녀의 〈해피 엔딩〉 출연은 '㈜필름'과 별개였다.

그 점을 상기시킨 남길수가 말을 이었다.

"단도직입적으로 말씀드리겠습니다. 감독님의 다음 작품에는 저희가 투자할 기회를 주십시오. 감독님이 모든 방면에서 충족하실 수 있도록 최대한 노력하겠습니다."

"제가 지금 당장 대답할 수도 없는 부분일뿐더러, 배우들도 합석해 있는 지금 이 자리와는 어울리지 않는 말씀 같습니다."

지호의 대답은 틀린 구석이 없었지만, 남길수는 한 번 잡은 끈을 놓지 않으려 했다.

"감독님이 워낙 바쁘시니 이런 자리에서나마 말씀드리는 것이지요. 꼭 지금 약속해 주시지 않으셔도 됩니다. 다만 그간의 오해가 있다면 푸시고, 비즈니스 파트너로서 다시 한 번 긍정적으로 '㈜필름'에 대해 검토해 달라는 말씀을 드리는 겁니다."

아예 작정하고 저자세로 나오니 지호도 까칠하게 응대할 수만은 없었다.

끝끝내 거부 의사로 임해봐야 자세한 내막을 모르는 자리의 배우들에게는 갑질로밖에 안 비쳐질 것이기 때문이다.

"…그렇게 하겠습니다. 나중에 다시 말씀 나누시죠."

"하하하! 고맙습니다. 식사 자리에 모셔놓고 사업 이야길 꺼내서 불쾌하셨다면 죄송합니다. 모쪼록 양해해 주십시오."

기분이 좋아진 남길수는 배우들에게도 이해를 구했다.

아는 바가 없는 지원이야 정확한 상황 파악이 안 되는 상태였고, 수정은 그를 보며 피식 웃었다.

그녀는 평소 남길수를 상대하며 느낀 것과 다름없는 생각을 되새겼다.

'백년 묵은 구렁이 같은 인간.'

그러나 자신이 끼어들 자리는 아니었기에 조용히 침묵했다.

'원래 누가 돈을 벌면, 나머지 사람들은 그 사람 돈 빼먹을 궁리만 하는 법이지.'

염세적인 생각을 한 수정은 앞으로 지호의 행보가 궁금해졌다.

한편 당사자인 지호는 찜찜한 얼굴로 수저를 들었다.

안 그래도 슬럼프를 겪고 있는 마당에 무대 인사 도중 난데없는 스캔들에 휘말리질 않나, 남길수의 달갑지 않은 관심까지.

관심을 받는다는 건 피곤한 일이었다.

식사를 마친 지호는 그날에만 극장을 두 곳이나 더 옮겨 다니며 무대 인사를 했다.

그날이 끝이 아니었다.

서울을 시작으로 지방을 순회하며 살인적인 스케줄을 소화했다.

극장 측에서 준비한 이벤트는 매번 비슷했고, 지호와 배우들은 비슷한 질문들에 대답했다.

부산을 거쳐 대구에서 무대 인사를 마친 일행은 합천 인근에서 점심을 먹게 되었다.

"휴, 이것도 보통 일이 아니네요. 사람들의 눈길을 하도 많이 받아서 그런지 진이 빠져요. 차라리 마음껏 연기하면서 촬영할 때가 좋았다는 생각이 들 정도예요."

지원이 빠릿빠릿하게 수정의 수저를 세팅하며 말했다.

다들 김이 모락모락 피어오르는 돼지국밥을 앞에 두고 있었다.

생긴 것과 달리 여배우들은 국밥을 좋아했다.

털털한 모습이 의외였던 지호가 컵에 물을 따르며 물었다.

"의외네요. 대부분 팬들이 세련된 이미지의 여배우들은 고급 레스토랑 음식만 좋아할 거라고 오해하고 있을 텐데."

"보이는 게 다는 아니죠. 뭐, 이미지대로 노는 배우들도 있긴 하지만."

어깨를 으쓱인 수정이 말을 이었다.

"간이 꽉꽉 들어간 돼지국밥 국물 색깔 좀 보세요. 평소에는 꿈도 못 꾸는 음식이죠. 얼마나 먹음직스러워 보이겠어요? 그래서 전, 일 년에 한두 번 먹을까 말까 한 고 칼로리 음식은 모두 좋아해요."

지원이 좋다고 웃으며 거들었다.

"저도요. 선배님처럼 철저한 관리를 해온 건 아니지만… 앞으로는 삼겹살에 소주, 치킨에 맥주는 꿈도 못 꾸겠죠?"

그에 수정이 씨익 웃으며 잔인한 대답을 해주었다.

"일 년에 한두 번 빼고!"

여배우들의 세계를 엿본 지호는 고개를 절레절레 저었다.

"식욕이 얼마나 참기 힘든데."

중얼거린 그가 국에 밥을 말았다.

그 순간, 문이 열리며 건장한 남자 여럿이 가게 안으로 들어왔다.

"이모! 여기 국밥 열 그릇!"

얼핏 보면 막일꾼으로 보일 모양새.

그러나 옆 테이블에 조심스레 내려놓는 촬영 장비들을 통해 그들이 촬영 스태프들이란 것을 알 수 있었다.

이곳에서 제법 오랫동안 촬영을 해왔는지, 주인 할머니가 반색하며 되물었다.

"욕봤네! 오늘은 탤렌트 누구 왔는교?"

경상도 사투리가 구수하다.

그러자 스태프들이 실실 웃으며 대답했다.

"이도원 아세요? 거 왜, 할리우드 스타 있잖아요. 예전에 공익광고 나왔던."

"내도 안다! 대한민국에 이도원 모르는 사람이 어데 있노?"

스태프들과 가게 주인이 나누는 대화를 듣고 있던 지원이 두 볼이 붉어질 정도로 흥분했다.

"세상에! 이도원이 지금 여기 있대요!"

비록 목소리는 낮췄지만 외치다시피 말했다.

수정도 놀란 얼굴이기는 마찬가지였다.

"미국에 있는 줄 알았는데, 요새 또 영화 찍나 보네?"

안 그래도 지호는 미국에서 이도원과 만난 적이 있었다.

이도원은 지호와 대충 비슷한 시기에 귀국한 것 같았다.

'어떤 작품이지?'

지호도 관심을 기울였다.

촬영 장비들을 유심히 본 수정이 말했다.

"방송국 로고가 없으니 드라마는 아닌 것 같고… 그럼 영화네요. 합천에서 촬영하는 거면 이 근처 세트장을 쓰고 있을 테고."

합천 세트장은 유명했다.

고개를 끄덕인 지호가 대답했다.

"그럼 시대극이겠어요."

아마도 일제강점기 시절이나 6.25, 군사정권 등 역사적 배경을 바탕으로 한 작품일 터.

이는 지금까지 이미 무수하게 쏟아져 나온 주제였다.

물론 계속해 같은 주제의 영화가 개봉한다는 건, 그만큼 소재의 흥행성이 유지된다는 증거였다.

'역사를 다룬 영화들은 확실히 어느 정도 관객 수를 깔고 가긴 하지.'

그때, 가게로 한 사람이 더 들어섰다.

스태프들이 몸을 일으키며 인사했다.

"감독님!"

"맛있게 드십시오."

지호도 새로운 손님을 알아보았다.

예전에 비해 살이 좀 빠지고 머리를 짧게 자르긴 했지만, 틀림없이 중영대에서 만났던 유태일 감독이었다.

혼자 있는 걸로 봐서 이도원은 이미 현장을 떠난 것 같았다.

지호가 인사를 할지 말지 망설이고 있는 찰나, 두 사람의 눈이 마주쳤다.

"어?"

유태일이 활짝 웃으며 손을 흔들었다.

"신지호 감독?"

"뭐? 신지호 감독이 여기 와 있어?"

"감독님, 그게 무슨……."

스태프들의 고개가 유태일의 시선을 따라 반대쪽으로 돌아갔다.

지호를 본 그들은 저마다 놀라 수군거렸다.

"저 양반이 〈비밀〉을 만든 간 큰 감독이야?"

"천재라던데. 소문이 부풀려진 것 아닐까요?"

"베니스와 아카데미가 까막눈은 아니겠지."

"아무리 그래도 우리 유 감독님이랑 비교되는 건 좀 그렇지 않아요?"

"하긴… 어려 보이는데."

사실 유태일도 지호와 크게 나이 차가 나진 않았지만 스태프들은 두 사람의 정확한 나이를 모르고 있었다.

젊은 감독이 정확한 나이를 공개해 봐야 괜히 스태프들에게 만만해 보일 수 있었기 때문에, 감독들은 웬만하면 나이를 오픈하지 않았던 것이다.

지호가 몸을 일으키며 대답했다.

"안녕하세요, 선배님."

이어서 그는 동석한 두 배우를 소개했다.

"이쪽은 오수정 씨, 강지원 씨입니다."

그에 수정이 고개를 살짝 숙여 보였다.

"반가워요. 소문 많이 들었어요, 감독님."

반면 지원은 일어나서 꾸벅 인사했다.

"강지원입니다!"

유태일 역시 빙그레 웃으며 받아주었다.

"반가워요."

그는 지호에게로 고개를 돌리며 말했다.

"정말 오랜만이네. 학교에서 만나고 미장센 영화제에서 또 만났을 때가 엊그제 같은데. 현수가 협박당하고 있다는 사실을 듣고 〈비밀〉 팀에서 빠진 걸 땅을 치고 후회했다는 소문이 있어."

능청스러운 말투에 다들 웃음을 터뜨렸다.

지호 역시 웃는 얼굴로 화답했다.

"영화가 잘돼서 다행이죠. 그나저나 선배님은 신작 촬영 중이신 거죠? 우연히 듣기로는 이도원 대표님도 출연한다는 것 같던데요."

"우리 주연이야. 난 새로운 사람들과 어울려서 작업하는 것보단, 기존에 손발을 맞춰본 사람들과 함께 작업하는 게 편하더라고. 그래서 스태프나 배우들 대부분 쭉 같이 가는 편이지. 도원이도 그렇고."

그래서인지 유태일이 연출하는 영화들은 스타일이 한결같으며, 기복 없이 흥행에 성공해 왔다.

또한 배우 이도원과 감독 유태일이 찰떡궁합이란 것은 영화 팬이라면 대부분 알고 있는 사실이었다.

그건 지호도 마찬가지였다.

"이번 영화도 기대되네요. 시대극인가요?"

"맞아, 6.25 전쟁을 다룬 작품이야."

유태일의 대답을 들은 지호는 조금 씁쓸했다.

지금까지 유태일이 연출했던 영화들을 보면 모두 참신한 소재들을 영화화 했었기에, 같은 시대극이라도 특별한 소재를 주제로 삼았으리라 기대했던 것이다.

그런데 6.25 전쟁은 너무 빤한 주제였다.

지금까지의 숱한 전쟁 영화들과 다를 바 없을 것 같았다.

눈치 빠른 유태일은 지호의 표정 변화를 보곤 대충 속내를 짐작했다.

그는 빙그레 웃으며 권했다.

"시간 괜찮으면 현장에 한번 들려. 와서 촬영하는 것도 보고, 시나리오 설명도 듣고. 소주도 한잔하자고."

감독이 자신의 촬영 현장으로 타 감독을 초대하는 건 굉장히 이례적인 경우였다.

그럼에도 지호는 고개를 끄덕였다.

"알겠습니다. 미국으로 돌아가기 전에 한번 들를게요, 선배님."

"그래주면 고맙지. 맛있게 먹고 가."

씨익 웃은 유태일이 여배우들에게도 작별을 고했다.

"〈해피 엔딩〉은 인상 깊게 봤어요. 다음 기회에 또 뵙겠습니다."

그는 스태프들이 있는 자리로 돌아갔다.

그때 수정이 큰 한숨을 뱉으며 말했다.

"세상에! 여기서 유태일 감독을 다 보고… 오늘 무슨 날인가?"

지원도 고개를 끄덕였다.

"그러니까요. 저도 놀랐어요."

배우들은 감독에게 잘 보여서 나쁠 게 없다.

그게 실력 있고 인성 좋기로 정평이 나 있는 유태일 감독이라면 더더욱.

물론 지금 가장 잘 보여야 할 대상은 지호였다.

수정이 그에게 짓궂게 물었다.

"두 분 모두 흥행 역사를 새로 쓰고 있는 분들이니, 사람들이 유태일 감독님과 감독님을 많이들 비교하잖아요? 이 부분에 대해 어떻게 생각하세요?"

"글쎄요……."

뜸을 들이며 유태일이 앉은 쪽을 바라본 지호는 솔직하게 대답했다.

"등수를 매길 수 있는 분야가 아니니까 비교하긴 뭐하고, 유 감독님의 작업 방식이나 노하우가 궁금하긴 해요. 후배 감독으로서 선배 감독의 장점을 본받고 싶다고나 할까."

그에 지원이 물었다.

"정말로 미국 가기 전에 다시 와보려고?"

"응."

고개를 끄덕인 지호는 내심 자신의 슬럼프에 대해 생각하고 있었다.

'후배는 선배의 발자취를 따라 큰다. 어쩌면 다른 감독의 시나리오나 작업 방식을 보고 이야기를 나누는 과정에서 지금 내가 겪고 있는 문제에 대한 해답을 찾을 수 있을지도…….'

막연한 기대였지만, 막연한 기대를 걸 만큼 지금 처한 상황이 답답했다.

따라서 그는 지금껏 하지 않았던 활동들을 하나씩 해보며 해결책을 찾아볼 생각이었다.

학교에서 연출을 전공하든 독학을 하든, 보편적인 감독들은 데뷔 전에 선배들의 연출부에 몸을 담그고 영화 연출에 대해 배운다.

이는 유태일 감독도 마찬가지였다.

반면 지호는 그동안 스스로 모든 걸 해왔을 뿐, 단 한 번도 주위로 눈을 돌린 적이 없었다.

자신의 재능만 믿고 자신만의 방식들로 영화를 만들어온 것이다.

'만족스러운 시나리오가 나오지 않는다고 해서 언제까지 주저앉아 있을 수는 없어.'

지금까지 훌륭한 시나리오로 승부를 해왔다면, 만족스러운 시나리오를 쓰지 못하는 지금은 연출력으로 극복하는 수밖에 없었다.

그러나 스스로 생각해 낸 연출에는 한계가 있었다.

자신의 한계를 뛰어넘는 방법은 타인으로 하여금 배워 나가는 것뿐이었다.

우연히 만난 유태일 감독의 존재가 그에게 새로운 방향성을 제시한 셈이다.

*　　　*　　　*

사흘 뒤.

지호는 혼자 합천 세트장을 찾아갔다.

현장에서 확성기를 들고 사인을 보내던 유태일은 그를 발견하곤 기다리라는 손짓을 했다.

보조 출연자들이 준비된 의상을 입고 오가며 연기에 돌입하고, 크레인에 올라가 있는 카메라 감독이 그 시대의 거리를 앵글에 담고 있었다.

장소가 영화 촬영 현장이다 보니, 지호는 유태일 감독을 기다리는 시간이 조금도 지루하지 않았다.

자신이 생각하는 카메라 구도와 유태일의 생각이 계속 일치했다.

오히려 몇 차례의 NG를 낸 후에야 지호가 생각하는 구도를 찾아내기도 했다.

'섬광 기억이란 능력이 없다면 나도 보다 탁월한 구도를 찾기 위해 반복 촬영을 하겠지.'

영화에 정답은 없다.

배우들의 연기를 제외하고 연출만 봐도 미술과 분장을 포함해 카메라와 조명을 어느 위치에서 잡느냐, 어떤 필터를 넣느냐, 음향을 어떻게 만지느냐에 따라 전반적인 느낌이 바뀐다.

지호는 섬광 기억으로 무수한 영화들의 장면, 장면을 머릿속에 집어넣은 상태였다.

그로 인해 매 순간 최선의 선택을 할 수 있었다.

망설이지 않고 구도를 정하면, 이는 명장면으로 이어진다.

하지만 보편적인 감독들은 이 과정을 몇 차례의 시행착오를 거쳐 찾아낼 수밖에 없다.

'정말 내가 여기서 뭔가를 얻을 수 있을까?'

지호가 의구심을 품고 있는 그때, 유태일이 다가왔다.

한 시간가량이 지난 뒤였다.

"아직 식전이지?"

"네, 선배님."

대답을 들은 유태일이 제안했다.

"시간이 애매하니까 차라리 안주로 배를 채우자고. 술을 좋아하는 건 아니지만, 실은 한 가지 부탁이 있거든."

"하하, 뭔지 궁금한데요."

왠지 부담을 느낀 지호가 의문을 표하자 유태일은 빙그레 웃으며 답했다.

"우리 조연출이 나가면서 한 자리가 비게 됐어."

지호는 의문스러운 표정을 지었다.

그래서 어떡하라고?

'설마……'

그가 불길한 예감을 받은 순간, 유태일이 뻔뻔하게 말을 이었다.

"우리 연출부에서 잠시 동안만 일해 줄 수 없을까? 안 그래도 신 감독 영화를 볼 때마다 같이 작업해 보고 싶었거든."

지호가 대답이 없자 유태일은 머쓱하게 화제를 돌렸다.

"자세한 얘긴 식사하러 가서 마저 하자고."

두 사람은 근처 음식점으로 향했다.

이동하는 내내 지호는 거절할 말을 생각했다.

그러면서도 한편으로는 도무지 이해가 되지 않았다.

'바보도 아니고, 유태일 감독씩이나 되는 사람이 왜 이런 멍청한 제안을 하는 거지? 정말 내가 수락할 거라고 생각하는 건가?'

그 부분에 대한 해답은 머지않아 나왔다.

음식점에 마주앉은 유태일이 마침내 입을 열었다.

"별 미친놈 다 보겠다는 표정인 걸 보면 내 말을 오해한 것 같은데, 어폐가 있었다면 미안하군. 난 그저 우리가 협조하면 어떨까 했을 뿐이야."

"선배님, 아무래도 힘들 것 같습니다."

지호는 칼같이 잘라 말했다.

"자칫 무례가 될 수도 있겠지만, 솔직하게 말씀드리겠습니다. 선배님의 제안은 제 자존감을 전혀 고려하지 않은 제안 같습니다."

"솔직하게 말해줘서 고맙네. 만약 시간 없다는 핑계를 댔다면 더는 말해볼 기회가 없었을 텐데."

대수롭지 않게 대답한 유태일은 편안한 미소와 함께 말을 이었다.

"난 조연출 자리가 비었다고 했지, 신 감독에게 조연출을 맡아달라고는 하지 않았어. 그저 우리 연출부에 자리가 났다는 뜻이었지. 내가 이런 무리한 부탁을 하게 된 것은 나와 함께 호흡을 맞출 수 있는 카메라 감독이 필요하기 때문이야. 내 자존심이 아닌, 영화를 위해서."

직책상 연출의 보조격인 조연출보단 촬영에 대해서만큼은 막강한 권한이 있는 카메라 감독이 낫다.

그러나 어느 쪽이든 유태일 감독의 연출부로 들어간다는 사실은 같았다.

"이미 잘 아시겠지만, 전문가부터 관객까지 많은 사람들이 선배님과 저를 비교하고 있습니다. 이런 상황에서 선배님의 연출부에 들어오라는 건 제게 불편한 제안입니다."

"그게 중요한가?"

대뜸 물은 유태일이 말을 이었다.

"난 시나리오부터 보자고 할 줄 알았는데 말이야."

"시나리오가 아무리 좋아도 욕심나지 않습니다. 제 작품이 아니니까요."

"하긴, 그건 그래. 내 말대로라면, 만약 나보다 뛰어난 사람이 올 경우 영화를 위해 연출 자리라도 내놔야겠지. 그래서 말인데……."

수긍하며 말끝을 흐린 유태일이 덧붙였다.

"우리가 함께 협업을 해보는 게 어떨까? 신 감독이 이번에 날 도와주고, 나 역시 신 감독의 차기작에 참여하는 거지. 만약 필요하다면 우리가 동등한 관계에서 서로 돕는다는 걸 공식적으로 발표할 의향도 있어."

이쯤 되자 지호는 혼란스러웠다.

'왜 내게 이런 제안을 하는 거지?'

의도를 파악하려 눈을 맞췄지만, 유태일에게선 어떤 사심도 읽을 수가 없었다.

그는 소탈하게 이어 물었다.

"서로에게 배울 점이 많은 우리가 자존심 챙긴답시고 서로 경계할 필요는 없다고 생각해. 우리가 고민할 건 단 한 가지. 어떻게 하면 더 좋은 영화를 만들 수 있을지에 대한 것들뿐이야. 나 또한 신 감독이 만든 영화들을 보며 여러 번 놀라고 감탄했으니, 우리가 서로에게 마음을 열면 더 큰 감독으로 성장할 수 있지 않을까?"

구구절절 맞는 말에 지호는 대답을 잃었다.

자신조차 유태일의 노하우를 엿보고 싶은 마음에 이곳까지 달려왔기 때문이다.

'유태일 감독의 말이 맞아. 하지만 그의 연출부에 들어가고 싶진 않다.'

이게 지호의 솔직한 생각이었다.

따라서 그는 새로운 제안을 했다.

"취지 자체에는 동의하지만 방법을 조금 바꿨으면 합니다."

"방법을 바꾼다?"

유태일이 흥미를 보이자 지호가 고개를 끄덕였다.

"코엔 형제(Ethan Coen, Joel Coen)나 루소 형제(Anthony Russo, Joe Russo)는 언제나 함께 연출을 맡죠. 선배님과 함께 작업을 하게 된다면, 그들처럼 공동 연출로 이름을 올리고 싶습니다."

"재밌겠군."

유태일이 반색하며 까칠까칠한 턱을 쓰다듬었다.

"두 사람의 사령탑이라. 국내에선 최초로 시도되는 일이지?"

"아마도요."

"하긴… 고집도 세고 셋 이상만 모이면 서로 편 가르는 사람들도 많으니."

"뭐, 다른 나라도 마찬가지겠죠. 실제로 형제가 아닌 감독들이 협업을 하는 경우는 못 봤으니까요."

지호의 대답을 들은 유태일은 고개를 주억거렸다.

"그게 참 희한한 일이란 말이야. 형제가 해냈으면 다른 감독들도 가능하다는 얘긴데, 아무도 그러려고 하지 않아. 감독으로서의 자존심 문제도 있겠지만, 서로 연출 스타일이 다르면 영화 자체가 엉망이 되어 버릴 수 있지. 이거, 신 감독 말대로 공동 연출을 하려면 서로 혈액형 검사부터 해야 되겠는데?"

성격이나 연출 스타일을 맞춰보자는 의미였다.

유태일이 긍정적으로 나오자 지호 또한 설레는 마음이 들기 시작했다.

"미리 말을 맞춘 상태에서 촬영에 들어가기 보단, 서로에 대해 질문하고 대답하는 형식으로 영화를 만들어 보는 편이 어떨까요?"

"릴레이식으로 촬영을 하자는 건가?"

"네. 서로 안 맞는 건 편집 때 자르고 다시 찍는 거죠. 어차피 시나리오와 스토리 보드는 나와 있으니 내용이 산으로 갈 일은 없을 겁니다."

"중간에 영화의 분위기가 바뀌어 버리면 관객이 이질감을 느낄 텐데?"

"그 정도는 미리 상의해야겠죠. 그래도 부자연스러운 부분은 편집 때 제거하고요."

"그것 참 재밌겠군. 과연 이 방법이 통할지도 미지수인 데다 제작비 낭비도 심해지겠지만, 한번 도전해 볼 만한 가치는 있겠어."

빙그레 웃은 유태일이 자신이 준비해 온 이번 영화의 시놉시스와 시나리오를 꺼냈다.

"여기, 대충이라도 한번 봐봐. 마음에 안 드는 작품을 같이 하자고 할 수는 없으니까."

"감사합니다."

지호는 두 가지 파일을 챙겼다.

"한번 읽어보고 차후 연락드리겠습니다."

고개를 끄덕인 유태일이 말했다.

"비록 영화 촬영은 시작됐지만, 아직 얼마 안 됐으니 편하게 연락 줘. 우린 신 감독 수준의 연출 실력을 가진 카메라 감독이 필요해."

"긍정적으로 검토해 보겠습니다."

지호가 이어 물었다.

"그나저나 오늘 밤 촬영까진 구경하고 가도 되겠죠?"

"물론이지. 직접 카메라를 잡아봐도 좋을 것 같은데? 지금까진 계속 나 혼자 잡아왔거든."

연출이 직접 카메라 감독 역할까지 하는 연출부는 많았다.

이럴 경우 정히 카메라 감독이 필요하면 카메라 보조로 있는 스태프를 쓰기도 한다.

그와 별개로, 지호가 공동 연출로 이름을 올리게 된다면 그를 불만스럽게 바라보는 스태프들도 발생할 터.

지호로서는 미리 자신의 실력을 보여줄 좋은 기회였다.

"그럼 부탁드리겠습니다."

대답을 들은 유태일은 진한 미소를 드리웠다.

스크린을 통해서 짐작했던 훌륭한 연출력을 코앞에서 볼 기회였기 때문이다.

*　　　*　　　*

식사를 마친 유태일과 지호는 다시 현장으로 돌아갔다.

현장에는 스태프들이 자유분방하게 널브러져 쉬고 있었다.

그리고 이내, 유태일이 통보를 했다.

"다들 신지호 감독님은 알고 있으리라 생각합니다. 다들 믿기지 않겠지만 제가 이곳에 신 감독님을 초대했습니다. 그리고 오늘 밤, 베니스가 인정한 연출력을 보고자 합니다."

스태프들이 환호를 보내며 박수를 쳤다.

갑작스러운 상황인데도 여유롭게 받아들이는 모습에서 유태일에 대한 신뢰를 엿볼 수 있었다.

또 한 가지, 그들 역시 내심 소문으로 듣고 스크린을 통해 보았던 지호의 연출력이 궁금했던 것이다.

정작 지호는 묵묵히 카메라를 자신에 맞게 조작하며 스토리 보드를 확인했다.

순간 그의 머릿속에 플래시가 터졌다.

번쩍!

지호는 섬광 기억으로 자신이 연출해야 할 장면을 그린 스토리 보드를 고스란히 찍어두었다.

한편 유태일은 반짝거리는 두 눈으로 카메라를 손질하는 지호를 주시했다.

'마치 애인같이 대하는군.'

가장 먼저 든 생각이었다.

카메라를 만지는 손길에서 각별한 애착이 느껴졌기 때문이다.

'담력도 있는 것 같고.'

스태프들의 시선이 쏟아지는데도 전혀 개의치 않는다.

지호에 대해 이런저런 생각을 하며 모니터 앞에 앉은 유태일 감독이 확성기에 대고 신호를 줬다.

—배우 위치해 주세요.

해당 장면에 등장하는 여배우가 자리를 잡았다.

그녀의 모습을 바라본 지호는 섬광 기억으로 찍어둔 스토리 보드를 떠올렸다.

동시에 지금까지 봐왔던 영화들 중에서 비슷한 구도에서 찍었던 장면들이 머릿속에 펼쳐졌다.

그리고 그중에서 자신이 마음에 드는 구도를 골라, 몸을 움직였다.

이 모든 건 섬광 기억이 아니라면 불가능한 일이었다.

그래서 지호만이 할 수 있는 일인 것이다.

지호가 카메라를 들자, 앵글을 통해 모니터로 해당 구도에서 바라본 장면이 전송되었다.

이를 확인한 유태일은 우수수 소름이 돋았다.

'한 치의 오차도 없는 완벽한 카메라 구도야.'

지호의 앵글 안에서 여배우는 가장 아름다운 모습이 된다.

이토록 놀라운 기적을 조금의 고민도 없이 만들어낸 것이다.

마치 혼자 정답을 알고 있는 사람처럼.

"하하……."

허탈한 웃음을 터트린 유태일이 다음 단계로 넘어갔다.

"카메라 롤."

지호가 카메라 스위치를 올렸다.

카메라에 불이 들어오자 여배우가 긴장했다.

NG가 예정된 것 같았던 그 순간, 지호가 그녀를 향해 말했다.

"틀에 갇히지 말고 편하게 연기해 주세요. 누가 지켜본다고 생각하지 마세요. 동선과 연기가 어떻든 카메라는 따라붙습니다."

그는 여배우의 생각을 꿰뚫고 있었다.

아직 신인 배우인 그녀는 카메라 앵글이 비추는 공간 안에서 동선을 만들기 위해 신경이 계속 분산됐고, 이 때문에 리허설 때도 계속 실수를 했던 것이다.

한편 지켜보던 유태일은 고개를 갸웃했다.

'통찰력은 있지만… 어쩔 셈이지?'

여배우를 위로한 것까진 좋았다.

하지만 동선을 자유롭게 하라면서, 동시에 카메라가 따라붙겠다는 약속을 한 건 무모했다.

카메라는 삼각대에 고정되어 있고, 핸드헬드 기법으로 촬영하면 안 되는 장면이기 때문이다.

'뭐, 어쨌든.'

유태일은 섣불리 간섭하지 않고 신호를 보냈다.

"레디, 액션!"

순간 여배우의 연기가 시작됐다.

삼각대에 카메라를 올린 상태로 촬영을 하던 지호는 여배우의 동선이 앵글이 비추는 공간을 벗어나자, 카메라를 들고 쫓았다.

순간 스태프들이 입을 벌렸다.

'어어……?'

그들의 뇌리에 스친 생각은 모두 같았다.

'카메라 들고 어딜 가는 거야?'

화면이 흔들리면 안 되는 장면이기 때문이다.

그러나 곧이어 들려올 줄 알았던 NG 소리는 없었다.

유태일은 부릅뜬 두 눈으로 모니터를 바라보고 있었다.

'조금도 흔들리지 않잖아?'

그는 자신의 눈을 의심해야 했다.

카메라를 들고 뛰는데 흔들리지 않다니.

아무리 어깨로 지탱했다고 해도 불가능한 일이었다.

넉넉한 완력과 절묘한 요령을 이용해 뛰는 반동을 통제해야 하는 것이다.

이론적으로 가능해도, 실제로 가능한 사람은 못 봤다.

제멋대로인 동선으로 구성된 연기 장면이 고스란히 담기고, 그렇게 롱테이크 촬영이 계속됐다.

여배우가 실수를 하기 전까진.

"컷! NG!"

크게 외친 유태일이 간이용 의자에 등을 기댔다.

"이거야 원······."

황당한 표정으로 중얼거리는 그에게 스태프들이 물어왔다.

"왜 이제야 NG 싸인을 보낸 거예요?"

"보셨잖아요? 카메라를 들고 뛰는데······."

그들이 보기에는 완전히 기행일 것이다.

유태일 감독도 괴상한 행동인 줄로만 알았다.

그러나 모니터는 거짓말을 하지 않는다.

"배우 NG만 아니었으면 OK싸인 떨어질 뻔했어. 카메라는 전혀 안 흔들렸고."

Chapter 5
능력을 발휘하다

잠시 벙 쪘던 스태프들이 웃음을 터뜨렸다.

"하하하!"

"에이… 감독님도 참."

그들의 반응을 이해한다는 듯 어깨를 으쓱인 유태일이 말했다.

"안 믿기지? 이리 와서 모니터 좀 봐."

모니터를 본 스태프들은 경악했다. 카메라는 움직이고 있는데 화면은 미동도 없었던 것이다.

그중 누군가가 혼잣말처럼 물었다.

"이러면 편집이 뭐가 필요해?"

안 그래도 완벽한 촬영과 섬광 기억 능력의 콜라보로 인해 지호의 편집 시간은 다른 감독들의 십 분의 일 수준이었다.

그때, 당사자인 지호가 다가왔다.

"잘 나왔어요?"

의례적인 물음이라는 생각이 들 만큼 그의 얼굴에선 여유가 넘쳐흘렀다.

미미하게 웃은 유태일이 대답했다.

"내가 괴물을 끌어들였어. 직접 보니 세계적인 감독이란 게 와닿네."

지호의 섬광 기억을 모르는 데다 평소 재능의 힘을 믿지 않는 그는, 이런 결과가 단순히 노력의 산물이라고 생각했다.

'그 누구도 상상하지 못할 능력이긴 하지.'

섬광 기억에 대한 단상을 가진 지호는 새삼 의문이 들었다.

'섬광 기억에 기대지 않고 지금처럼 실수 없이 촬영하려면 얼마나 많은 영화를 보고, 또 찍어봐야 할까?'

간혹 천재라는 이름하에 비슷한 재능을 보이는 이들도 있긴 했다.

알프레드 히치콕(Alfred Hitchcock)은 촬영에 들어가기도 전에 이미 모든 계획이 머릿속에 있다고 했으며, 미국의 영화배우 크리스 에반스(Chris Evans)는 함께 작업했던 봉준호 감독에 대해 말하길 '모든 계획을 가지고 불필요한 촬영 없이 정확하게 필요한 장면만을 찍는다.'고 감탄했으니까.

그러나 누구도 지호처럼 정형화된 촬영을 할 수는 없었다. 이는 수많은 영화들을 보며 섬광 기억으로 찍어둔 천문학적인 숫자의 신들이 머릿속에 들어 있기에 가능한 일이었다.

그때 유태일 감독이 말했다.

"시나리오를 검토해 보고 내 제안을 승낙한다면, 촬영에 대한 모든 지휘는 신 감독에게 위임하지. '완벽한 촬영'이 가능한 사람은 처음 봤는데… 이 방면으로는 내가 많이 배워야 할 것 같은 걸."

쌉쓸한 뒷맛이 느껴지긴 했지만 그뿐이었다.

그는 지호를 순순히 인정하고 있었다.

매번 질투와 시기의 시선을 받아왔던 지호로서는 생경한 기분이 들었다. 처음 유태일의 의도를 오해하고 경계했던 게 미안해질 지경이었다.

'아무리 그래도 촬영에 대한 권한을 넘긴다니……'

딱딱하게 굳은 스태프들의 표정만 봐도 얼마나 파격적인 제안인지 알 수 있었다. 유태일 입장에선 감독으로서 가장 큰 권한을 포기하는 일이나 다름없는 것이다.

빙그레 웃은 유태일이 말을 이었다.

"어차피 공동 연출이니까 권한도 동등하게 분배해야겠지.

그래도 간섭은 할 수 있으니 너무 귀찮아 말라고."

"물론이죠, 선배님. 돌아가서 시나리오 읽어보고 연락드리 겠습니다."

지호는 좋은 제안이라고 생각하면서도 결정을 미뤘다. 일을 진행하기에 앞서 미국에 잔류하고 있는 지혜와도 상의를 해봐 야 될뿐더러, 할리우드 배급사 측에서 들어온 제안도 보류하 거나 쳐내야 하는 것이다.

유태일 역시 어느 정도 예상했는지 고개를 끄덕이며 흔쾌 히 대답했다.

"그럼, 좋은 결과를 고대하고 있을게."

*　　　*　　　*

헤이리 마을로 돌아온 지호는 가장 먼저 서재현과 상의를 했다. 이동 중 이미 유태일이 준 시나리오를 읽어보았기에, 상 담을 청할 사안은 명백하게 나와 있었다. 그는 현재 자신의 상황을 비롯해 유태일과 있었던 일을 쭉 들려준 뒤 서재현의 의향을 물었다.

"…그래서 일단은 결정을 미루고 돌아왔는데, 아직도 고민 이 되요. 이제 막 할리우드에 감독으로 이름을 올린 시점에 유태일 감독과 공동 연출을 하는 것도 옳은 판단인지 모르겠고요."

"급할수록 돌아가라는 말도 있듯이 성공에 연연하지 말고 최대한 많은 경험을 쌓아라. 이십 대 초반이면 대부분이 학교도 다니고 여행도 다니며 꿈을 키울 시기가 아니냐?"

그 말을 들은 지호는 괜스레 가슴이 뭉클했다.

그러나 서재현의 의견에 전적으로 동의할 수는 없었다.

애초부터 평범한 삶과는 거리가 멀었고, 그 결과 지금은 다른 이들과 다른 책임을 느끼고 있었다. 그로 인한 부담감 때문에 슬럼프도 겪고 있는 것 아닌가?

지호가 좀처럼 얼굴을 펴지 못하고 있자, 서재현이 은은한 미소를 띠고 말을 이었다.

"조금 미룬다고 할리우드가 어디 가진 않는다. 네 조급한 마음이 너를 꿈에서 멀어지게 만들 뿐이야."

"아……!"

맞는 소리다.

할리우드는 도망가지 않는다. 국내에서 자신과 경쟁자로 비견될 만큼 뛰어난 솜씨를 가진 유태일과 공동 연출이라는 특별한 경험을 하고 나서 돌아가도 늦지 않는다는 의미였다.

그렇게 생각하자 지호는 조급해서 답답하던 마음이 편안하게 환기되는 기분이었다.

"감사해요, 삼촌."

고개를 끄덕인 서재현이 물었다.

"결정은 섰느냐?"

"예."

대답한 지호는 생각을 정리했다.

'가까운 기회부터 잡아야겠어요.'

서재현에게 인사를 하고 방으로 돌아온 그는 지혜가 묵고 있는 호텔에 전화를 걸었다. 한국은 깊은 밤이었지만 미국은 초저녁이었다.

호텔 직원에게 연결을 부탁한 뒤 얼마 지나지 않아 지혜의 목소리가 들려왔다.

—여보세요?

"누나, 저 지호예요."

—아! 잘 지내고 있지? 네 스케줄은 인터넷으로 실시간 체크하고 있어. 바로바로 기사가 뜨더라? 무대 인사는 성황리에 잘 마쳤다며?

"하하, 네. 다행히 반응이 좋았어요."

—이쪽 사람들도 축하 분위기야. 너 돌아오는 대로 파티한다고 난리더라.

"그게… 파티는 좀 미뤄야 할 것 같아요."

지호의 대답을 들은 지혜는 의아하게 물었다.

—응? 그게 무슨 소리야? 일주일 정도 쉬고 돌아오는 것 아

니었어?

"여기서 일이 좀 생겼어요. 유태일 감독에게 공동 연출 제의를 받았는데… 시나리오는 메일로 보내놨으니까 한번 확인해 보세요."

—공동 연출?

되물은 지혜가 걱정스럽게 말을 이었다.

—너도 알다시피 파라마운트, 워너 브라더스, 20세기 폭스에서 더할 나위 없는 제안을 해온 상태야. 유태일 감독 작품을 하게 되면 그들과의 계약을 유보한다는 건데, 정말 괜찮겠어?

"네, 굳이 지금 계약을 하지 않아도 크게 달라질 건 없을 거예요."

물론 앞으로도 지금과 같이 좋은 성적을 냈을 때 해당되는 이야기였다.

그 점을 감안하고 들은 지혜는 가타부타하지 않았다. 충분히 고민하고 판단했으리라 믿는 것이다.

—알겠어. 배급사 측에도 그렇게 전해둘게. 아마 네게 따로 연락이 가겠지만… 그럼 나는 수열이랑 귀국하면 되는 거지?

"그러면 될 것 같아요."

대답한 지호는 새삼스레 그녀에게 말했다.

"항상 고마워요, 누나."

―별말씀을! 네가 흥행 감독이 아니었다면 이렇게까지 안 했을 거야.

배시시 웃는 지혜의 얼굴이 선명했다.

지호는 피식 웃으며 대답했다.

"한국에서 봐요. 누나."

전화를 끊은 뒤 그는 시나리오를 다시 한 번 읽어보았다. 6.25전쟁을 소재로 한 블록버스터 전쟁 영화였으며, 드라마적 요소가 강했다. 전우애를 주제로, 가상의 사건을 그럴싸하게 만든 내용인 것이다.

'시나리오에 힘이 있어.'

처음 읽었을 때보다 두 번째 읽었을 때가 더 흥미로웠다. 유태일이 쓴 시나리오는 기승전결의 흐름을 통해 굵직하게 감정을 움직이고 있었다.

지호는 두 시간에 걸쳐 모두 읽고, 다섯 시간에 걸쳐 다시 읽었다. 그러다 보니 어두웠던 밤하늘이 어느새 파란 새벽하늘로 바뀌어 있었다.

"후……."

연출력에서 유태일이 그에게 감탄했다면, 시나리오를 여러 번 읽은 지금은 지호가 그에게 감탄했다. 예전처럼 구상이 떠오르지 않는 현재로서는 유태일의 시나리오가 막막한 벽처럼 느껴졌다.

'어떻게 이런 글을 쓰지?'

잠시 망설이던 지호는 노트북을 켜고 자신이 썼던 시나리오를 천천히 읽어 내려가기 시작했다. 다른 사람이 쓴 것도 아닌데, 지금은 상상도 할 수 없는 참신함과 짜임새를 보았다.

'이번에야말로 슬럼프를 극복해야 돼.'

굳게 다짐한 지호는 유태일에게 문자를 작성했다. 공동 연출에 응하겠다는 내용이었다. 모든 준비를 마친 그는 벌떡 일어나 팔굽혀펴기를 했다. 평소에도 부지런하게 근력 관리를 해왔기 때문에 이동활차 없이도 카메라를 고정한 채 움직일수가 있었던 것이다.

그로부터 두 시간이 흘렀을 즈음 유태일에게서 답장이 왔다.

─준비를 마치는 대로 합천 촬영장으로 오도록 해. 지금은 촬영 중이니 오늘 저녁에 전화할게.

휴대폰 액정을 보고 있는 그때.

국제 번호로 전화가 한 통 걸려왔다.

지호는 통화 버튼을 밀어 전화를 받았다.

"여보세요?"

─파라마운트의 제리 스타글라츠입니다. 감독님 측 스태프에게 듣기로 제안을 유보하신다던데… 이에 대해 정확한 설명을 부탁드려도 될까요?

"아, 스타글라츠 씨. 물론이죠."

대답한 지호가 말을 이었다.

"그게, 유태일 감독님의 작품을 공동 연출하게 되었습니다."

─유태일 감독님이라면 저도 알고 있습니다. 두 분 모두 능력이 뛰어난 분들인 것도요. 하지만 공동 연출이라…….

말끝을 흐린 그가 덧붙여 물었다.

─글쎄요. 과연 할리우드 메이저 배급사들의 제안을 보류하면서까지 시도할 가치가 있는 도박인지는 모르겠군요.

초조한 마음이 전해지는 어조였다.

〈스펙터클 어드벤처〉 속편의 각본을 제안한 파라마운트나, 차기 시리즈물 총괄 프로듀서 자리를 건 워너 브라더스의 제안에는 시간 제약이 있었다. 따라서 계약 시기를 늦춘다는 것은 제안을 거절한다는 뜻이나 다름없었던 것이다.

반면 제작비 무제한 지원이라는 카드를 가진 20세기 폭스는 딱히 계약 시기가 중요하지 않았다.

─아니면 20세기 폭스와 계약하기로 마음을 정하신 건가요?

단도직입적인 질문을 받은 지호는 대뜸 물었다.

"굳이 한 곳과 계약을 해야 하는 건가요?"

─네?

제리 피터제랄드가 당황하자, 그는 이어 물었다.

"워너 브라더스의 시리즈물이야 총괄 프로듀서를 맡아야 하니 힘들겠지만, 파라마운트의 〈스펙터클 어드벤처〉 속편의 각본 작업은 충분히 병행할 수 있을 것 같아서요."

지호는 더 이상 슬럼프 핑계를 대며 피하지 않기로 마음먹었다. 예전 같으면 〈스펙터클 어드벤처〉 속편의 각본과 유태일 영화의 공동 연출 작업을 함께 수행할 수 있었으리라는 판단이 들었던 것이다. NFTS 교환학생 당시, 학교생활을 병행하며 세 작품의 시나리오를 썼던 지호였기에 가능한 생각이었다.

그러나 제리 피터제랄드 입장에선 어처구니없는 물음이었다. 배급사 세 곳이 지호와의 계약을 두고 경쟁하는 이유는 각본부터 개봉까지 적어도 몇 개월의 시간이 걸리기 때문이었다.

─〈스펙터클 어드벤처〉의 속편은 올 여름 크랭크인에 들어가기로 예정돼있습니다. 불과 네 달밖에 안 남았다는 뜻이지요.

그러자 지호가 두 눈을 반짝이며 말했다.

"그 정도면 충분합니다."

대답을 들은 제리 피터제랄드는 웃음을 터뜨릴 뻔했다. 너무도 허무맹랑한 소리였기 때문이다. 그러나 상상을 뛰어넘는 지호의 능력을 보아왔던 그는 무시하는 대신, 흥미진진한 제안을 하나 했다.

—좋습니다. 유태일 감독님과 공동 연출을 하기로 이미 마음을 정하신 것 같군요. 선택을 받든 못 받든 〈스펙터클 어드벤처〉 속편의 각본을 투고하고 싶어 하는 작가나 감독들은 차고 넘칠 테니, 여러 곳에 의뢰를 해두죠. 정말 감독님께서 병행하시는 게 가능하다면 일전 제안했던 조건 그대로 계약하겠습니다.

합천 촬영 현장으로 내려가는 길.

지호는 만년필을 갖고 손바닥만 한 메모지에 틈틈이 시나리오를 써 나갔다.

사각, 사각……

그가 노트북이나 휴대폰 등 전자기기를 동원하지 않은 이유는 자꾸 썼다 지우길 반복하는 습관을 바로잡기 위해서였다.

'내 문제는 내가 쓴 글에 만족하지 못한다는 거야.'

수기 작성은 지우기가 번거롭다. 때문에 만족스럽지 않더라도 이미 쓴 부분을 지우지 않고 쭉쭉 써 내려가는 것이다.

그 결과 확실히 전보다 글이 잘 풀렸다. 쓰기 시작한 초반에는 긴가민가했었는데, 중반에 들어서자 꽁꽁 묶여 있던 몸이 풀려난 것처럼 쓰기 수월해졌다.

'좋아.'

실로 오랜만에 지호의 눈이 반짝반짝 빛나기 시작했다. 그는 앉은자리에서 메모장 수십 장을 새카만 잉크로 채웠다.

"됐어."

중얼거린 지호는 두근거리는 마음으로 지금껏 쓴 시나리오를 읽어보았다. 하지만 기대감과는 달리 결과는 처참했다. 전에 비해 나아진 게 없었던 것이다.

여전히 엉망이고 불만스러웠다.

'젠장.'

초조해진 지호는 입술을 축였다. 그리고 미련을 못 버린 채 자신이 쓴 글을 다시 한 번 읽어보았다. 평소 퇴고를 해본 적이 없는 그였지만, 무한정 퇴고를 하기 시작했다.

사각, 사각.

첫 문장을 뜯어고치면 세 번째 문장이 마음에 들지 않았다. 세 번째 문장을 바로잡으면 두 번째 문장이 마음에 걸린다.

"악 올라 미치겠네."

끊임없이 반복하던 지호는 헛웃음을 터뜨렸다.

어느새 메모장은 공백을 찾을 수 없을 정도로 깜지가 되어버렸고, 뭐라고 쓴 건지 한 글자도 알아볼 수 없었다.

"후아."

지호는 한숨을 내쉬며 메모지 여러 장을 뜯어내 한데 뭉쳐 구겨 버리고, 새로운 공간에 다시 글씨를 채워가기 시작했다.

'네가 이기나, 내가 이기나 한번 해보자.'

마치 두 눈에서 불길이 뿜어져 나오는 것 같았다.

완전히 몰입한 지호는 자신이 썼던 내용들을 기억에서 지워 버리고 다시 새로이 써나갔다. 이런 식으로 세 번쯤 반복했을 무렵, 메모장이 거덜 났다.

버스에서 내리기 전 마지막으로 자신이 쓴 글을 읽어본 그는 일정 분량 이상을 쓰고 지울 때마다 아주 티끌만큼씩 실력이 돌아오고 있다는 확신을 했다.

'이러다 파라마운트 기한에 못 맞출 수도 있겠는 걸.'

무턱대고 자신했던 것에 대한 확신이 흐려졌다.

그 와중에 버스는 목적지에 도착해 있었다.

합천 터미널에 내리자 유태일이 직접 차를 끌고 마중 나와 있었다.

"환영합니다, 신 감독."

그가 갑작스레 존대를 하자 지호가 물었다.

"이제 공적으로 대하시는 거예요?"

"그래야 하지 않겠어요? 예전에야 학교 동기를 통해 우연히 알게 된 동생이자 후배 감독이었지만, 이제는 엄연히 공동 연출을 맡은 파트너 감독이니 말입니다."

"하하… 존중해 주셔서 감사합니다."

어색한 웃음을 듣고 빙그레 미소 지은 유태일이 시동을 걸고 촬영 현장으로 출발했다.

이동하는 길에 그가 말을 붙였다.

"아마 현장에 도착하면 가장 먼저 배우들과 스태프들을 만나게 될 겁니다. 모두들 신 감독을 기다리고 있어요."

"그렇군요."

"네, 그리고 알아야 할 점이 있어요. 배우들이야 신 감독을 환영하고 있지만 스태프들은 정반대의 의미로 벼르고 있다고 봐도 무방합니다. 그들 모두 지난번 신 감독의 실력을 보았고, 카메라를 맡기는 부분에 대해서도 동의했지만, 공동 연출로 이름을 올린다는 데에는 반대하고 있으니까요."

그들의 입장을 들은 지호는 쉽사리 이해하지 못했다.

"왜 그렇죠? 스태프들에게 피해가 가는 점은 없을 텐데요."

"그건 표면적인 생각일 뿐입니다."

유태일은 대수롭지 않게 말을 이었다.

"그들 중에는 신 감독이 조기 졸업한 한국예술대학교 선배도 있어요. 뿐만 아니라 연차가 오래된 이들이 여럿 있죠. 단도직입적으로 말해 몇몇 팀원들은 그런 부분을 중요시 여기고, 텃세도 심합니다."

텃세를 당하는 사람과 잘 융화되는 사람이 있을 뿐, 어딜 가나 어느 정도의 텃세는 존재할 수밖에 없었다. 그리고 보통은 소속감이 강할수록 강도도 심해진다.

"팀원들끼리 사이가 좋은 것 같네요."

굴러 들어온 돌로 인한 변화를 원치 않는다는 건, 바꿔 말해 현재에 만족한다는 의미가 될 수도 있다.

지호의 짐작을 들은 유태일은 고개를 끄덕였다.

"더할 나위 없이 좋습니다. 그리고 머지않아 감독님도 그일원이 될 거라고 생각하고요. 텃세를 당할까 봐 걱정한 건 아니고, 미리 일러둔 것뿐입니다."

"참고하겠습니다."

지호는 붙임성이 강한 편은 아니었다.

그는 있는 듯 없는 듯 물처럼 융화되는 스타일이었다.

대부분 경청을 했으며, 작품에 대해 이야기할 때를 제외하고는 말도 별로 없었다.

바로 이런 점이 연출을 하는 데에 있어서 도움이 됐다.

나름대로 그에 대해 파악해 보고 있던 유태일은 현장에 도착하자 차를 세웠다.

"오늘 촬영이 끝나면 숙소로 이동해서 따로 환영식을 할 계획입니다. 참, 다음 촬영부터 카메라를 맡아주시면 됩니다."

"네, 신경 써주셔서 감사합니다."

대답을 듣고 난 뒤에 차에서 내린 유태일은 카메라를 들고 현장에 뛰어들었다.

마침 촬영 전 리허설을 하는 이도원이 보였다. 분명 전신이 손바닥만큼 작게 보일 정도로 먼 거리인데도 불구하고 에너지가 느껴지는 게 신기했다.

'괴물 같은 배우를 데리고 찍게 생겼네.'

지호는 반은 긴장하고, 반은 흥분했다.

한편 감독인 유태일의 카메라 테크닉은 지호를 못 따라갔다. 전체적인 연출은 우열을 가릴 수 없겠지만 카메라만 보면 그랬다.

'왜 저기서 찍는 거지?'

의문이 드는 부분도 많았다.

'저곳이 더 좋을 텐데.'

더 좋은 위치를 알려주고 싶은 적도 한두 번이 아니었다.

그러나 유태일의 진지한 표정을 보면 지적할 말이 싹 달아났다. 그는 옷이 땀으로 흥건해질 정도로 촬영에 열을 올리고 있었던 것이다.

'일단은 지켜보자.'

지호는 그렇게 결론을 내렸다.

합류 첫날부터 감독에게 이래라저래라 하기도 부담스러운 데다, 그가 모르는 특별한 이유가 존재할 수도 있었기 때문이다.

하지만 이는 헛된 희망이었다. 유태일 감독은 진정으로 자신이 방금 해보인 촬영이 최선이라 믿는 눈치였다.

"오케이, 컷!"

사인을 보낸 유태일은 모니터링을 하는 내내 뿌듯한 표정을 짓고 있었다. 그리고 마침내 모니터에서 흘러나오는 영상을 멈춘 그가 배우들과 스태프들을 돌아보며 물었다.

"어때?"

스태프들은 대부분 만족하는 기색이었다.

그러나 도원은 무언가 마음에 들지 않는지 미간을 찌푸린 상태였다.

"감독님, 다시 한 번 가시죠."

유태일은 입가를 매만지더니 고개를 끄덕였다.

"알겠다."

두 사람은 서로에게 아무것도 묻지 않았다. 그럼에도 서로를 믿고 일을 진행할 만큼 유대 관계가 깊었던 것이다.

눈치를 보던 조연출이 크게 외쳤다.

"한 번 더 가겠습니다!"

그에 따라 스태프들이 큰 소리로 응했다.

"조명, 카메라 위치해 주세요!"

"반사판, 붐 마이크 준비하겠습니다!"

몇 마디 오가지도 않았는데 촬영 현장 전체가 활기로 가득

찼다. 재촬영이란 말이 떨어지기 무섭게 순식간에 일어난 일이었다.

자신의 위치를 찾아서 움직이는 스태프들을 바라보던 지호는 전율이 돋았다.

'베테랑들이야.'

팀이 하나가 돼서 움직인다. 팀을 하나로 묶는 유태일만의 리더십이 있다는 반증이었다.

스태프들이 움직이는 동안 잠시 현장 밖에 나와 있던 도원은 그때서야 지호를 발견했다.

"신지호 감독님?"

지호가 고개를 꾸벅 숙였다.

"또 뵙네요, 반갑습니다."

"하하! 그러게 말이에요. 진즉 오신다는 소식은 들었습니다. 앞으로 잘 부탁드립니다."

"저야말로 잘 부탁드립니다."

두 사람의 대화는 훈훈했다.

안 그래도 예전부터 함께 작업할 기회를 노리고 있던 도원은 지호의 존재를 반겼고, 지호 역시 최고의 배우로 손꼽히는 도원과의 작업이 싫지만은 않았다.

그때, 카메라가 달린 이동활차에 탑승한 유태일의 목소리가 들려왔다.

"배우 위치해 주세요!"

도원은 자신의 자리로 갔다. 카메라 앵글이 그를 향해 있고, 조명의 환한 빛이 쏟아졌다. 반사판은 얼굴을 화사하게 보정해 주었으며, 붐 마이크는 중저음의 목소리를 머금었다.

연기와 스태프들의 팀웍이 완벽하게 맞아떨어진다.

이 과정은 기적과도 같은 장면을 만들어내고 있었다.

'분명 잘못된 위치에 카메라를 뒀다고 생각했는데……'

지호는 충격받은 얼굴로 우두커니 서 있었다.

그동안 스스로 굳게 믿어왔던 카메라 위치선점 능력이 유태일 팀의 팀워크 앞에 무참히 깨진 것이다.

이 믿을 수 없는 광경을 보며 지호는 한 가지 사실을 깨달았다.

'영화는 결국 팀워크인데, 나는 언제부터인가 카메라를 들고 원맨쇼를 벌여왔다.'

카메라 테크닉은 연출의 일부라는 것을 잊고 있었다. 감독이 카메라 연출 능력이 뛰어나다는 것은 그저 조금 유리한 점일 뿐, 영화 연출의 전부가 아니었다. 모든 하모니가 맞아떨어져야 비로소 기적이 일어나는 것이다.

허술했던 전과는 비교도 할 수 없이 인상적인 장면을 남긴 유태일이 오케이를 외치며 말했다.

"오케이, 컷! 완벽해!"

그는 기분 좋게 웃으며 도원에게도 고마움을 표시했다.

"네가 찜찜해하지 않았더라면 이 장면은 영원히 못 볼 뻔했다. 이제 연출인 나보다도 보는 눈이나 감이 좋아진 것 같단 말이야."

"그래요? 뭐, 아무리 그래도 감독님한테는 한참 멀었죠."

대수롭지 않게 웃어넘긴 도원이 이어 물었다.

"근데 신지호 감독님과는 언제 촬영할 수 있어요?"

"머릿속에 온통 신지호 감독과 작업할 생각뿐이구먼?"

섭섭한 마음을 담아 짓궂게 물은 유태일이 말을 이었다.

"일단 오늘 밤은 숙소에서 간단한 환영회를 하고, 모래 촬영부터는 공동 연출 겸 카메라 감독으로 함께하게 될 거야."

"할리우드에서도 워낙에 명성이 자자하신 분이라 절로 기대되네요."

도원이 씨익 웃는 얼굴을 본 순간, 지호는 부담이 팍 들었다.

"기대하시는 만큼 보여드릴 게 있어야 할 텐데요."

그 말에 도원이 고개를 저었다.

"신 감독님 영화를 모두 봤던 저로서는 그 이상 보여주실 거라고 믿어 의심치 않습니다."

그는 단순히 칭찬으로 뱉은 말이었지만 현 상황의 지호에게는 아킬레스건을 건드리는 것이나 다름없었다.

주위의 부담은 지호를 숨 막히게 만들었다.

그는 카메라를 빤히 보며 마음속으로 다짐했다.

'일전 팀 스태프들 앞에서 보여주었던 것처럼 이겨내야 한다.'

하지만 지금은 상황도, 상대도 달랐다.

그때가 연습 게임이라면 이번에는 본 게임이었다.

더욱이 전처럼 원맨쇼를 벌이고 싶지도 않았다.

'스태프들의 움직임을 고려해서 움직여야 돼. 내가 마치 현장의 일부가 된 것처럼… 톱니바퀴가 맞물리듯, 물 흐르듯 촬영한다.'

지호는 눈을 지그시 감았다.

머릿속에서 방금 보았던 촬영 장면이 되살아났다.

섬광 기억으로 모든 장면을 찍어둔 그는 지나가 버린 시간을 돌이켜, 팀원들의 움직임을 하나하나 면밀히 뜯어보기 시작했다.

숙소로 돌아가는 길, 지호는 머릿속에 자신이 보았던 스태프들의 움직임을 그리며 시뮬레이션을 해보았다. 그 결과 실제 손발을 맞춰보는 것만큼은 아니라도 제법 도움이 된다는 느낌을 받았다.

'빨리 함께 호흡해 보고 싶네.'

두근거리는 가슴을 안고 숙소에 도착한 그는 짐을 풀고 저녁 식사를 하기 위해 호텔 뷔페로 올라갔다. 자신이 짐을 정리하는 동안, 스태프들과 배우들은 환영회를 준비한 듯했다. 모두들 편안한 옷으로 갈아입고, 삼삼오오 자리를 잡은 상황이었다.

지호는 유태일이 앉아 있는 테이블로 가서 엉덩이를 붙였다. 자리에는 조연출과 배우들이 동석해 있었다.

이도원이 가장 먼저 입을 열어 그를 환영했다.

"기다리고 있었습니다."

고개를 끄덕인 유태일이 일어나 포크로 잔을 두드리자, 시끌벅적하던 이들의 시선이 집중됐다. 단번에 모두의 시선을 사로잡은 그가 입을 열었다.

"오늘의 주인공을 소개하겠습니다. 〈3.8〉의 공동 연출을 맡게 된 신지호 감독님입니다."

몸을 일으킨 지호가 사방을 향해 꾸벅 인사를 했다.

분명 박수를 받고 있는데 마음이 개운치 않았다. 밝은 표정인 사람들도 있었지만, 무표정한 얼굴로 따가운 시선을 보내는 사람들이 더 많았기 때문이다.

'이걸 말했던 거군.'

민망하게 서 있을 무렵 유태일이 말했다.

"신 감독님. 직접 소개하시는 게 낫지 않을까요?"

"아."

지호는 잠시 생각을 정리했다. 평소 같으면 충분히 이런 상황을 예상하고 준비했겠지만, 자신의 슬럼프나 연출 방식에 대해 생각하느라 미처 신경을 쓰지 못했던 것이다.

자연히 형식적인 인사말이 나올 수밖에 없었다.

"저에 대해 알고 계시는 분들도, 잘 모르는 분들도 계시겠지만… 얼마 전까지 미국에서 활동을 했었습니다. 지금까지 연출한 장편은 〈비밀〉 외 네 작품입니다. 오늘 낮 유태일 감독님의 팀원 분들이 작업하시는 모습을 보고 환상적인 팀워크에 놀랐습니다. 앞으로 잘 부탁드립니다."

지호가 다시 한 번 허리를 숙여 인사하자, 시작 때보다 한 단계 커진 박수갈채가 울려 퍼졌다.

젊은 나이에 대단한 실력으로 승승장구했다기에 교만할 수도 있겠다 싶었던 스태프들은 그의 모습에서 진중하고 공손한 느낌을 받았다.

'전에는 건방지고 까칠해 보였는데……'

예전에는 지호가 남에 현장에서 맹랑하게 카메라를 잡는 모습, 유태일과 이야기하는 모습을 보았던 게 전부였다. 정식으로 인사하고 자기소개를 듣는 자리는 처음이었던 것이다.

엉겁결에 좋은 첫인상을 심어주는 데 성공한 지호는 자리에 앉았다.

"괜찮았어요?"

질문을 들은 유태일은 엄지를 치켜세웠다.

"자기 작품을 자랑하듯 구구절절 나열하는 사람보단 훨씬."

그의 시선이 향하는 곳에 도원이 있었다.

피식 웃은 도원이 어깨를 으쓱였다.

"제가 그랬거든요. 배우든 감독이든 필모그래피는 중요하니까요."

지호 역시 그 말에 동의했다. 이름 옆에 붙는 필모그래피는 평생 떨어지지 않는 꼬리표였다. 한 예로, 감독이나 배우의 이름으로 작품을 찾아서 보는 영화 팬들도 적지 않았다.

"맞습니다. 적어도 창피한 작품은 만들지 말아야겠죠."

지호 말에 흥미로운 표정을 지은 유태일이 물었다.

"갑자기 궁금해진 건데, 혹시 신 감독도 작품을 만들고 부끄러웠던 적이 있어요?"

곰곰이 떠올려 본 지호는 고개를 저었다.

"아뇨. 그랬던 적은 없는 것 같아요. 이미 개봉한 작품에 대해서는 생각하지 않으려는 것도 있고, 어느 정도 만족할 수 있는 작품을 만들기 위해 애초부터 신중히 결정하니까요."

"저랑은 정반대네요."

유태일이 씨익 웃으며 말을 이었다.

"후회까진 아니라도 항상 미련이 남거든요. 제 작품이 상영관에 걸리면 적어도 다섯 번씩은 반복해서 보게 됩니다. 그때마다 늘 아쉬운 부분이 생기고, 부끄럽기도 하고… 그건 예나 지금이나 같아요."

그 말에 도원 역시 고개를 끄덕였다.

"전 다섯 번까진 아니더라도, 세 번 정도는 보는 것 같아요. 물론 만족한 적은 없고요."

두 사람은 지호와 달랐다.

'촬영이 끝난 뒤에도 전작에 신경을 쓴다고?'

그럼 차기작에 대한 부담과 두려움이 더 커질 것만 같았다. 지호에게는 낯선 방법이, 유태일이나 도원에게는 지극히 자연스러운 행동이었다.

고개를 갸웃한 유태일이 물었다.

"흐음. 아무리 신경 써도 계속 미련이 남지 않나요? 어떻게 지난 작품을 신경 쓰지 않을 수 있죠? 그럼 스트레스가 좀 덜 할 것 같은데."

"그러게 말예요."

도원도 선뜻 이해가 가지 않는 듯했다.

그들은 한편에 지호를 부러워하고 있었지만, 지호야말로 그들을 통해 느끼는 바가 있었다.

'나는 성장하려 하지 않았다.'

지호는 자신도 모르는 새에 스스로 '완벽하다'고 자각해 왔다. 섬광 기억의 능력과 타고난 감각을 이용해 정해진 각본처럼 영화를 촬영하는 그로서는 고민도, 후회도 필요치 않았던 것이다.

그 순간 도원이 말을 이었다.

"하지만 정답을 알고 있으면 무슨 재미겠어요? 무슨 일이 일어날지 모르니 재밌는 거죠."

"하긴, 성장통 없는 성장은 없다고 생각하긴 해."

유태일의 대답은 정곡을 찌르고 있었다. 마치 지호의 머릿속을 들여다보는 것처럼 말한 그가 눈길을 돌리며 덧붙였다.

"아무래도 우리가 함께 작업하게 된 건 운명 같네요. 워낙 스타일이 달라서 서로에게 많은 도움이 될 것 같아요."

"네. 아마도… 그럴 것 같네요."

그들은 이후부터 뷔페를 즐겼다.

말이 뷔페지 음주 파티나 다름없었다.

마셔라, 부어라 하는 바람에 지호는 거의 만취 상태로 숙소에 돌아왔다.

"크으."

지호는 정신이 혼미하고 눈앞이 흐릿했다.

하지만 그 대가로 스태프들과 보이지 않는 벽을 어느 정도 허물 수 있었다. 아마 모레 촬영에 들어가 봐야 확실해지겠지만, 전보단 관계가 개선된 것 같았다.

'자자. 일찍 일어나서 시나리오도 써야 하고⋯⋯.'

눈을 감자 정신이 소용돌이 속으로 빨려 들어가는 기분이 들었다. 마치 하늘을 날고 있는 것 같았다.

그게 지호가 그날 기억하는 마지막 순간이었다.

*   *   *

다음 날은 머리가 지끈거리고, 입이 바짝바짝 말랐으며, 속이 메스꺼웠다. 기억하고 있는 일들은 꿈인지 생시인지 불분명했다. 분명 전날 스태프들과 웃고 떠들었는데, 조식을 먹는 자리에선 모두가 오만상을 찌푸린 채 아는 체를 하지 않았던 것이다.

'하긴, 누구한테도 말을 걸고 싶지 않겠지.'

지호는 자신의 생각을 모두에게 일반화시키며 아침을 먹었다. 그가 그릇을 반쯤 비웠을 때쯤, 유태일과 도원이 와서 앉았다. 그들 두 사람도 상태가 좋진 않았다.

"죽겠네요."

도원의 소감을 들은 유태일이 고개를 끄덕였다.

"그나마 오늘 촬영이 없어서 다행이야."

오늘은 폭우가 오기로 예정돼 있었기 때문에 다음 촬영 장소인 산꼭대기로 움직이기가 불편했다. 따라서 촬영도 자연스레 내일로 미루어진 것이다.

대충 내막을 알고 있는 지호가 물었다.

"그럼 실내촬영은 끝난 건가요?"

"네. 실내, 세트장 촬영 모두 끝난 상태입니다. 전쟁터를 벗어난 신은 몇 컷 안 되거든요. 워밍업으로 먼저 다 찍었죠."

유태일은 지호와 달리 순서대로 촬영하지 않고, 효율적인 촬영을 추구했다.

그에 지호가 말했다.

"신 넘버 순으로 촬영 계획을 변경해도 될까요?"

공동 연출을 시작하고 첫 의견 조율이 시작된 것이다.

예상치 못한 질문을 받은 유태일은 머릿속으로 말을 고른 끝에 물었다.

"현재 우리 스태프도, 배우들도 베테랑이야. 굳이 신 넘버 순으로 촬영할 필요가 있을까요? 촬영 순서와 관계없이 언제든 최고의 기량을 발휘할 수 있다면, 신 재배열은 비효율적인 시간낭비가 될 수 있어요."

그것도 틀린 말은 아니었다.

지호 입장에선 익숙한 방법을 제안한 것뿐.

따라서 그는 욕심을 부리지 않고 수긍했다.

"음. 그럼 일단 지금 그대로 촬영을 진행해 보고, 신 재배열이 필요하다고 생각된다면 다시 말씀드릴게요."

"말이 통하네요. 향후 촬영도 수월하겠어요."

두 명의 감독을 보고 있던 도원은 흥미롭다는 표정이었다.

"저도 앞으로가 기대되네요. 두 분이 어떤 호흡을 보여주실지… 뭐, 가족 간에도 동업하지 말라는 말이 있긴 하지만요."

짓궂은 뒷말을 들은 유태일이 피식 웃었다.

"널 어떻게 굴릴지에 대해 먼저 상의해 봐야겠네."

지호도 웃음을 터뜨렸다.

그사이 친숙해진 세 사람은 도란도란 아침을 먹은 뒤, 차를 타고 앞으로 촬영할 촬영지로 이동했다.

지호로서는 첫 촬영 장소였다.

구불구불한 산길을 오르는 내내 유태일이 스토리 보드를 보여주며 장면에 대해 설명했다.

"시나리오를 봤으니 알겠지만, 굉장히 치열한 전투가 있었던 장소예요. 전쟁 영화는 시나리오 구조가 단순한 만큼 연출력과 디테일이 생명이죠. 뭘 쓰느냐가 아니라, 어떻게 표현하는지가 관건이랄까."

지호도 동감하는 바였다.

"〈라이언 일병 구하기〉 초반, 노르망디 상륙작전만 봐도 알수 있죠. 잘린 팔을 찾는 병사의 모습은 몇 년이 지나도 잊을수 없는 장면이에요."

"정확히 알고 있네요. 그게 바로 제가 원하는 디테일입니다."

그 순간, 운전대를 잡은 도원이 물었다.

"두 분 모두 초현실주의를 추구하시나 보네요?"

지형이 너무 험해 차가 진입하기도 힘들었던 것이다.

직접 이런 험지에서 촬영을 한다는 건 그만큼 현실감을 중시한다는 의미였다.

지호를 일별한 유태일이 대답했다.

"그런 것 같군!"

두 사람 모두 초현실주의로 유명했다.

그들은 빗길을 달려 산 중턱에 올랐고, 차에서 내려 한참을 더 걸은 후에야 현장에 도착할 수 있었다.

나무가 빼곡한 숲이 자아내는 풍경은 장관이었다.

이렇듯 추적추적 비까지 내리니, 공포 영화의 한 장면이 따로 없었다.

"이러다 늑대라도 만나는 것 아녜요? 늑대 정도는 충분히 있을 것 같은데."

도원의 말처럼 늑대를 만난다 해도 이상할 게 없을 것 같았다. 인적은 물론 사람이 오간 흔적조차 보이지 않았던 것이다.

"길도 없는 곳이네요."

지호까지 거들자 유태일도 으스스한 기분이 들었다.

"왜 쓸데없는 말들을 하고 그래?"

그렇게 말하면서도 돌아가지 않고 앞으로 나아가며 덧붙였다.

"완전히 해 떨어지기 전에 지형 훑고 차 있는 곳까지 돌아가야 돼."

고개를 절레절레 저은 도원이 유태일을 따르며 지호에게 말했다.

"제가 연쇄살인범 역할을 맡았던 적이 있어요. 새벽마다 컨테이너 박스 안에서 피 흘리는 인형 상대로 칼 들고 설쳤었는데, 지금은 그때보다 더 무섭네요."

지호는 무심코 회색빛 하늘을 보았다.

우르릉― 천둥소리가 들려왔다.

그는 두 사람을 따라 걸음을 옮기며 속으로 생각했다.

'정말 이런 곳은 무슨 일이 일어나도 모르겠어.'

말인즉슨 관객에게도 똑같은 공포심을 줄 수 있다는 의미였다. 얼마나 현장감을 느낄 수 있느냐는 오로지 연출에 달린 부분인 것이다.

'시각과 청각만으로도 현실감각을 완벽히 재연해 낼 수 있다.'

그걸 가능케 하는 것은, 온전히 지호의 몫이었다.

산속 로케이션 헌팅(Location Hunting)을 진행하며, 지호는 내일 있을 촬영 순간을 머릿속으로 그렸다.

'A카메라는 여기, B카메라는 저기에……'

같은 장소라도 카메라 촬영 각도에 따라 다른 그림이 만들어지는 것이 영화다. 따라서 지호는 미리 카메라 둘 곳을 체크해 뒀다. 이는 제작비와 제작 시간을 줄이고자 위한 방편이었다.

반면 유태일과 도원은 고개를 갸웃했다. 지호가 그저 우두커니 서서 주변을 둘러보는 것처럼 보였기 때문이다.

'뭐하는 거야?'

섬광 기억이란 능력을 모르는 유태일은 쏟아지는 비를 뚫고 크게 물었다.

"이 빗속에서 너무 여유로운 것 아닙니까?"

도원도 그를 거들었다.

"빨리 돌아가야 합니다!"

그에 가만히 서 있던 지호가 몸을 돌리며 마주 대답했다.

"돌아가시죠! 내일 어떻게 촬영할지는 모두 생각해 뒀습니다!"

그 말을 대뜸 던져둔 지호는 얌체처럼 가장 먼저 자리를 떴다.

언덕을 올라가는 뒷모습을 멍하니 보고 있던 도원이 유태일에게로 시선을 돌리며 물었다.

"뭘 생각해 뒀다는 걸까요?"

유태일은 똑같이 황당한 표정으로 대답했다.

"낸들 알겠어? 그저 그렇다니까 그런 줄 알자고!"

그는 지호를 뒤따라 언덕을 올라갔다.

현장을 일별하며 고개를 내저은 도원 역시 두 사람을 뒤따랐다.

잠시 후, 시트를 다 적시며 차에 탄 유태일이 시동을 걸며 물었다.

"촬영 장소는 만족해요?"

카메라 감독이 된 지호의 의견을 물은 것이다. 촬영에 대한 전권을 위임한 이상, 그가 반대를 한다면 최악의 경우 촬영 장소를 변경해야 했다.

그러나 지호는 썩 마음에 들었는지 흡족하게 웃었다.

"네, 아주 좋던데요? 이런 곳은 어떻게 찾아내셨는지, 그게 신기할 따름이에요."

"마음에 들었다니 다행이네요. 그런데… 정말 괜찮겠어요? 내일 해 지기 전까지 이곳에서 전투 신을 마무리 지어야 할 텐데."

이래저래 준비하고 촬영에 들어가면, 가용 가능한 실촬영 시간은 두 시간 남짓에 불과했다.

그럼에도 지호는 여전히 태연자약했다.

"최대한 노력해 보겠습니다."

말투에서 자신감이 느껴졌다.

도원은 크게 웃음을 터뜨렸고, 핸들을 잡은 유태일은 다시 한 번 고개를 내저으며 액셀러레이터를 밟았다.

무시무시한 야산에서 빠져나와 호텔로 돌아간 지호는, 곧장 방으로 올라가서 비에 절은 우비와 겉옷을 벗고 샤워를 했다. 그리고 개운한 기분으로 노트북 앞에 앉아 〈스펙터클 어드벤처〉 차기작의 시나리오를 써나가기 시작했다.

그런데, 어째서인지 술술 써진다.

'분명 버스에서 쓸 땐 계속 막혔었는데…?'

매일같이 글을 붙잡고 씨름했을 때와 달리 하루 쉬고, 머리도 식힌 김에 글을 쓰자 잘 풀리는 것이다. 마음을 비우고 마음이 가는 대로 손을 움직였을 뿐인데, 어느새 30페이지를 넘어가고 있었다.

순간 휴대폰 벨소리가 들려왔다.

"아."

꿈을 꾸듯이 몽환적인 표정에 잠겨 있던 지호가 선잠에서 깬 것처럼 화들짝 놀라며 전화를 받았다.

"여보세요?"

—오늘 무슨 일 있어요? 어제 저녁부터 방에만 틀어박혀 계시더니, 오늘은 조식도 드시러 오시지도 않고. 전화도 열 통 넘게 안 받으시고.

알 수 없는 말을 한 유태일이 덧붙여 물었다.

─혹시 무슨 문제 있나요?

그는 지호가 감기에 걸렸거나 부담을 가진 상태라고 판단했으나, 오히려 정반대의 상황이었다.

지호는 조금 멍청한 말투로 물었다.

"문제요? 저한테 전화를 열 통이나 하셨다고요? 그리고 조식이라니, 그게 무슨……."

휴대폰 액정을 확인한 그는 비명을 지를 뻔했다.

일단 글을 쓰기 시작한 게 초저녁이었는데, 꿈을 꾸는 게 아니라면 무려 열두 시간이 지나 있었다.

'이게 뭐야?'

눈을 감았다 뜬 것 같은데 열 시간이 지나다니.

순간 기억상실이 아닐까 의문스러워지는 상황이었다.

그뿐만이 아니었다. 부재중 전화도 열세 통이나 찍혀 있었다.

유태일의 말이 전부 자신이 글을 쓰는 새에 벌어진 일인 것이다.

'시간을 건너뛰었어? 아니면 내 집중력이 정말 그만큼 뛰어났던 건가?'

100페이지가 넘는 결과물이 증명해 주고 있었다. 그것도 단순히 분량이 증명해 주는 게 아니었다. 수도 없이 퇴고해도 찜

찜하던 내용들이 완벽에 가깝게 깔끔한 상태로 정리되어 있었다. 뿐만 아니라 배우들이 연기할 때 필요한 정보들까지 모두 소상하게 들어가 있다.

"이게 가능해?"

멍하니 앉아 있던 지호가 혼잣말로 묻자 수화기 너머에서 유태일의 목소리가 들려왔다.

─왜 그래요? 무슨 일이 있으면 저한테 말씀을 해 주셔야 합니다.

그 정도쯤은 지호도 알고 있었다.

'무슨 일인지 나도 모르겠으니까 그렇지.'

속으로 생각한 그는 정중하게 대답했다.

"우선 제가 조금 이따 다시 연락드릴게요."

─알겠습니다. 그럼.

유태일과 전화를 끊은 지호는 자신이 쓴 시나리오를 두 번 더 읽어 보았다.

'더 늘었어?'

아무리 봐도 슬럼프가 오기 전에 누리던 감각 이상의 솜씨가 엿보였다.

〈스펙터클 어드벤처〉의 차기작이 이런 식으로 뚝딱 만들어질 줄은 파라마운트 조상님도 예견하지 못했을 터였다.

영화 한 편이 하루 만에 탄생한 것이다.

지호가 앉아서 글을 쓴 시간은 총 열두 시간 남짓. 초당 1자로 계산해도 43,200자가 나온다. 그런데 그는 4만 5천자에 가까운 글자들로 100쪽을 채웠다. 문서의 공백을 감안해도, 그야말로 숨 한 번 돌릴 틈도 없이 썼다는 말이다.

"꿈에서 깨기 전에 보내 버리자."

나지막이 읊조린 지호는 〈스펙터클 어드벤처〉 차기작의 파일을 이메일에 첨부한 뒤, 파라마운트 제리 스타글라츠 앞으로 발송했다.

"후!"

첫 촬영 날 아침부터 한 건 했다.

분명 밤을 새웠는데도 전혀 피곤하지가 않았다. 어찌된 영문인지는 모르지만, 오히려 평소보다 정신이 맑고 몸이 가벼웠다.

'어떻게 이럴 수 있지?'

슬럼프를 탈출했다는 즐거운 해방감 때문인 것 같기도 했다. 때때로 마음가짐은 육체와 정신의 한계조차 극복하는 법이니까.

그때 또다시 휴대폰 벨소리가 울렸다.

전화를 받은 지호가 밝은 목소리로 말했다.

"지금 준비하고 나가요!"

　　　　　*　　　　　*　　　　　*

　지호는 어제 방문했던 야산으로 갔다. 폭우가 쏟아지던 전날과는 달리, 화창한 햇볕 아래 아름다운 경치가 펼쳐져 있었다.

　스태프들이 바삐 움직이는 가운데 지호 역시 A, B, C 총 3대의 카메라를 점검하고 스토리 보드를 확인했다.

　그때, 모니터 앞에 앉아 있던 유태일이 물었다.

　"어떻게 촬영할 계획이죠?"

　"일단 처음 한 시간은 격렬한 전투 신을 촬영할 생각이에요. 총격전의 처절함을 현실적으로 나타낼 계획입니다. 한 시간 후에 비가 온다고 했으니 어제 같은 분위기가 만들어지면, 예정돼 있던 전사자들을 죽이는 거죠. 날씨와 풍경을 이용하면 죽어가는 전사자들이 느끼는 공포와 외로움을 리얼하게 표현할 수 있을 거예요."

　그는 조연출을 비롯한 스태프들과 주연인 도원을 일별하고 말을 이었다.

　"다치지 않는 게 최곱니다."

　지호는 평소의 모습과 분위기가 사뭇 달랐다. 유난히 날카롭게 빛나는 두 눈과 강단 있는 말투가 그러했다.

　그 모습을 보던 도원은 흥분이 됐다.

'드디어 손발을 맞춰보겠군.'

순간, 유태일이 크게 외쳤다.

"촬영 들어가겠습니다! 배우, 스태프 모두 위치해 주세요!"

과거 군복을 입은 도원은 자신이 연기할 동선을 체크했고, 스태프들은 각자의 위치로 가서 준비를 마쳤다.

지호는 정해진 위치에 고정 카메라를 모두 설치한 뒤, 이동 활차 위 카메라를 잡았다.

"카메라 롤."

그는 카메라를 작동시키고 사인을 이어갔다.

"레디— 액션!"

말이 떨어지기 무섭게 스태프들이 움직였다.

지호는 자신의 몸에 꼭 맞은 옷을 입은 것처럼 그들과 함께 호흡하기 시작했다. 오디오와 조명 위치에 따라 카메라가 움직이는 것이다.

처음 몇 차례는 스태프들 간 불협화음으로 NG가 날 줄 알았던 유태일은 모니터를 보며 헛웃음을 뱉었다.

'하! 이번에도 시행착오 없이 바로 맞췄어?'

분명 기존 팀과는 템포 자체가 다를 텐데 지호는 금세 적응하고 있었다. 녹음 음량, 조명의 노출 정도까지 감안하며 움직이고 있는 것이다. 로봇이 아닌 이상 불가능할 법한 일들을 어렵지 않게 해내는 그를 보며 유태일은 고개를 절레절레 저었다.

'마치 수백 번 호흡을 맞춰왔던 것 같군. 이 팀의 수장으로서 질투심이 들 지경이야.'

그 말처럼 지호는 오히려 유태일보다도 팀에 적합한 색깔로 스며들고 있었다. 그리고 머지않아 팀원들도 일하기가 편안한 기분을 느꼈다.

'무슨 슈퍼컴퓨터야? 우릴 다 맞춰주고 있잖아?'

'신 감독은 카메라 워킹의 달인이야!'

한편 당사자인 지호로서는 수십, 수백 번 머릿속으로 시뮬레이션했던 상황일 뿐이었다. 지난번 촬영 때 스태프들의 움직임을 고스란히 섬광 기억으로 담고, 몇 번씩이나 돌려보며 일정한 패턴을 찾아냈다.

패턴이란 이를테면 전반적으로 어느 정도 명도에서 촬영하고자 하는지, 몇 정도 음향으로 진행을 하는지 등에 관한 부분이었다. 이를 이용해 상황별로 스태프들이 원하는 명도나 음향을 맞출 수 있도록 카메라의 구도를 정했다.

여기에 도원의 연기가 빛을 발하며, 촬영은 NG없이 흘러갔다. 모니터링을 해본 도원은 다른 스태프들과 마찬가지로 황당한 표정을 지었다.

"같은 장면을 촬영해도, 정말 잘 살리시네요."

스태프들이 이에 공감에 고개를 주억거렸다.

마침내 칭찬을 받자 지호는 안도의 한숨을 내쉬었다. 이곳에 도착한 후 계속 자신감을 가지고 있었지만, 정말 생각처럼 멋진 호흡을 구사할 수 있을지는 미지수였던 것이다.

그때, 유태일이 입을 열었다.

"조금 아쉬운데요."

입술을 만지작거리며 모니터를 보고 있던 그가 지호에게만 들리는 목소리로 말했다.

"신 감독님의 촬영 솜씨는 기대 이상이에요. 기존 스태프들과의 호흡도 완벽하고요. 카메라 구도 역시 조금의 오차도 없어요."

"그런데요?"

지호가 묻자 유태일이 대답했다.

"이건 전부터 느꼈던 건데… 전부 어디선가 본 듯한 촬영 방식이고, 카메라 구도도 다른 영화의 명장면들을 재탕한 것 같은 느낌이에요."

지호는 뒤통수를 망치로 한 대 맞은 듯 충격을 받았다. 실제로 섬광 기억으로 찍어둔 장면들의 영향을 많이 받았기 때문이다.

섬광 기억이란 능력의 존재도 모르는 유태일이 지호만이 알고 있는 사실을 간파한 것이다.

그는 미간을 찌푸리며 말을 이었다.

"물론 제 착각일 수도 있어요. 관객들은 물론 대부분이 못 느낄 정도의 꺼림칙한 점이니까요. 물론 이 정도는 누구나 영향을 받을 수도 있죠. 그러니 지금껏 신 감독님의 작품들이 최고로 꼽혔던 거고요. 하지만 필모그래피에 대중적인 영화들만 있고, 정작 자신의 취향을 완벽히 만족시켜줄 영화가 없다는 건 슬픈 일입니다. 전 신 감독님이 보기 좋은 연출을 보여주기보다, 좀 더 자신의 색깔이 강한 연출을 보여줬으면 좋겠어요."

Chapter 6
고정관념을 탈피하다

지호는 지금껏 자신의 스타일을 구축해 왔다. 실험적인 요소가 많고, 촬영 기법도 독립적이었다.

  그러나 정작 앵글의 구도에 있어서는 은연중 자신이 봐왔던 무수한 장면들의 색깔이 옅게 배어온 것이다.

  '하지만 이 정도도 타 작품의 스타일이 묻어나지 않는 영화가 어디 있어?'

  감독들은 기본적으로 영화를 좋아할 수밖에 없다. 따라서 대체적으로 일반인보다 많은 영화들을 본다. 때문에 지호 정도면 영향을 받는다고 볼 수 없는 것이다.

하지만 유태일의 생각은 달랐다.

'신 감독은 천재야.'

일반적인 감독들에게는 영화나 책을 많이 보고, 분석하고, 모방해 보는 것도 노력이다. 분명 성장의 밑거름이 된다. 하지만 지호같이 만 명 중 한 명 있을까 말까한 천부적인 재능을 가진 이들은 그러한 노력 없이도, 아무도 생각해 내지 못한 발상과 상식을 벗어나는 장면들을 만들어낸다.

"신 감독은 제2의 오손 웰즈가 될 수 있는 재능을 가졌습니다."

오손 웰즈(Orson Welles)는 현대 영화사에 가장 큰 영감을 준 영화감독 중 하나다.

셰익스피어 원작의 〈맥베스〉를 흑인 분장을 한 채로 표현해 브로드웨이 연극계를 발칵 뒤집는가 하면, 라디오드라마 〈화성인의 습격〉에서 연출을 맡았을 땐 뉴스를 넣고 사람들의 반응을 끼워 맞춰 실제 일어난 일인 양 드라마를 끌고 갔다. 얼마나 실감이 났던지 LA 시민들이 대피 소동을 벌였던 사건은 유명한 일화다.

또한 〈시민케인〉에선 할 수 있는 한 끝까지 자신의 영화 테크닉을 밀고 나가며 새롭고 독창적인 영화미학의 전범을 완성시켰다. 이후에도 그만의 스타일은 훗날 영화 교과서에서 두고두고 인용하는 미학으로 남았다.

감히 그와 비교 대상이 된 지호는 머쓱하게 대답했다.

"어떤 부분이 그렇게 보였는지 모르겠지만, 과찬이십니다."

"어쩌면 제가 신 감독에게서 보고 싶은 모습일지도 모르겠습니다. '난 영화를 사랑하지 않는다. 그저 영화 만들기를 사랑할 뿐이다.' 언제나 독창적인 연출을 추구했던 오손 웰즈의 말입니다."

"그 탓에 〈시민케인〉, 〈위대한 앰버슨가〉, 〈이방인〉, 〈맥베스〉까지 잇따른 흥행 실패를 경험했죠. 이어 10년 동안 할리우드에서 추방되었고요."

지금은 명작으로 불리며 후배들에게 귀감이 되는 영화들도 있지만, 당시에는 대중적으로 큰 성공을 거뒀다고 할 수 없는 작품들이었다.

유태일의 말에 반론한 지호가 말을 이었다.

"물론 오손 웰즈를 존경하지 않는 건 아닙니다. 지금도 가끔 〈시민케인〉이나 〈악의 손길〉을 돌려보며 공부를 하니까요. 분에 넘치는 칭찬을 받아 몸 둘 바를 모르겠습니다. 하지만 오손 웰즈가 새로운 시도를 반복하던 초반, 그가 가진 실력에 발끝에도 미치지 못하는 혹평을 들었던 것은 사실이에요."

"흐음, 대중성이라."

유태일은 팔짱을 끼고 지호를 면밀히 뜯어보며 물었다.

"대중의 사랑을 우선시하고 싶은 건가요?"

그에 지호가 고개를 저었다.

"여기서 자세한 이야기를 하기에는 좀 그러니… 촬영을 하면서 보여드리겠습니다."

"좋습니다."

유태일의 대답을 들은 지호는 현장으로 돌아가 이동활차에 있던 카메라를 어깨 위로 얹었다. 보조 출연자들이 각자 자리에 위치하고, 도원이 앵글 앞에 섰다.

상황을 주시하고 있던 유태일이 스태프들을 일별한 뒤 지시를 내렸다.

"촬영 들어가겠습니다, 카메라 롤."

지호는 카메라를 작동한 뒤 사인을 내렸다.

"레디, 액션!"

도원의 연기가 시작됐다.

지호는 지금까지완 달리 핸드헬드 기법으로 촬영을 했다. 카메라의 움직임에 따라 치열한 총격전을 벌이고 있는 상황의 긴박함이 점차 고조되었다. 이 장면을 수도 없이 머릿속으로 그렸던 유태일마저 주먹을 움켜쥐었을 정도다.

'관객의 감정을 가지고 노는 카메라 워킹.'

영화에서 종종 볼 수 있는 장면들이지만, 이만큼 관객의 감정을 꽉 틀어쥔 장면은 흔치 않았다. 아주 잠시라도 느슨해지면 관객의 감정이 빠져나갈 텐데 좀처럼 놔주지 않고 진행된다.

'확실히 빈틈없어.'

하지만 이쯤이야 진즉 알고 있었다.

'그런데 뭘 더 보여주겠다는 거지?'

그 순간 지호의 워킹이 변했다. 일반적인 구도가 아닌, 바닥과 가까운 구도에서 촬영하기 시작한 것이다.

총탄에 맞은 흙무더기가 튀어 오르고, 바위 부스럼이 날리는 모습이 고스란히 앵글에 담겼다.

'어?'

기존에 1인칭 느낌으로 표현이 됐다면, 지금은 3인칭 관찰자 시점 같은 느낌을 물씬 풍기고 있었다. 도원을 중심으로 움직였던 화면이 총을 맞고 쓰러지는 병사들 위주로 돌아간다. 주연배우인 도원도 전투를 벌이는 병사들 중 하나일 뿐. 심지어 다큐멘터리 촬영에도 중심이 되는 피사체가 있는데, 이는 못 보던 방식이었다.

'자신만의 구도로 연출을 시도하는 건가?'

유태일이 의문을 품는 한편, 지호는 재미가 붙고 있었다. 이전까지 근사한 장면을 찍기 위해 노력했다면, 지금은 그동안 자신이 해보고 싶었던 구도의 촬영을 마음껏 하고 있었다.

'이거 재밌네!'

지호는 막 찍는 와중에도 관찰자 시점만은 그대로 유지했다. 촬영이 끝나고, 컷 사인을 보낸 그는 유태일에게 가서 물었다.

"이전 장면과 비교해 뭐가 더 나았어요?"

"두 방법 모두 매력이 있는 것 같습니다. 첫 번째 촬영 방법은 친숙하되 견고했고, 두 번째는 독특하고 신선했으니까요."

대답을 듣고 빙그레 웃은 지호가 대답했다.

"맞아요. 첫 번째 장면은 핸드헬드의 정석입니다. 자연스러운 구도라서 친숙하죠. 반면 두 번째 장면은 아무 생각 없이 촬영한 겁니다. 원칙 없이 하고 싶은 대로요."

초반의 촬영이 안정적이고 친숙했다면, 후반은 거칠고 낯설었다.

그 말뜻의 의미를 깨달은 유태일이 물었다.

"두 가지 방법 모두 필요하다는 건가요?"

"제 생각에는 그렇습니다. 감독마다 스타일이 있다고 해서, 한 스타일의 기법만 추구한다면 그 감독은 자신의 연출 스타일에 질리고 말겁니다. 관객들에게 매번 똑같은 영화만 찍어댄다는 인상을 줄 수도 있겠죠."

이는 지호의 문제점이 아닌, 유태일이 가진 문제점이었다. 유태일은 은연중에 자신이 추구하는 바를 지호에게 요구하고 있었던 것이다.

'매번 똑같은 영화만 찍는다……'

이번에는 유태일이 충격받은 얼굴로 생각에 잠겼다. 실제로 비평가들에게 들은 적이 있는 이야기였다.

"한 방 먹었군요."

그는 일종의 슬럼프를 겪고 있었다. 직접 카메라를 잡지 않고, 카메라 감독을 굳이 섭외한 것도 그러한 이유였다. 영화나 책에서 봤던 것, 학교에서 배운 것들에 국한되어 있는 자신의 연출에 한계성을 느끼고 있었던 것이다.

"오히려 제가 도움을 받게 될 줄이야… 고맙습니다."

"하하, 저야말로 엄청 큰 깨달음을 얻었는걸요."

지호는 진심으로 대답했다. 방금 전 본능에 충실해 촬영하며 정말 즐기고 있다는 느낌이 들었던 것이다. 근사한 장면만을 목적으로 했을 때완 다른 새로운 경험이었다. 이를 잘만 활용한다면 지금껏 알게 모르게 얽매었던 섬광 기억으로부터 자유로워질 것 같았다.

서로 미흡한 부분을 상대를 통해 깨달은 두 사람은 전보다 개운해진 얼굴로 웃었다.

*　　　*　　　*

지호가 숙소로 돌아온 건 무려 열네 시간의 촬영을 마무리 지은 뒤였다. 밤에는 빗속에서 촬영을 했기에 감기가 들어 있었다. 어지럽기도 하고, 지끈거리는 두통도 느껴졌다. 그리고 기침도 나왔다.

"콜록, 콜록!"

샤워를 하고 나온 지호는 노트북을 켜고 메일함을 확인했다. 촬영 전 새벽에 보냈던 시나리오에 대한 파라마운트 측의 답신이었다.

'과연……'

그는 두근거리는 가슴을 안고 메일을 열어보았다.

기대를 실망시키지 않는군요. 아직 일주일도 지나지 않았는데 시나리오를 보내다니! 처음에는 우리 모두 장난을 치는 줄 알았습니다. 하지만 첨부해 준 시나리오를 읽고 모두 할 말을 잃었죠. 우리 모두 당신의 작품을 읽는 동안 화장실을 가지 않았어요. 밥도 먹지 않았죠. 지금도 온통 당신의 작품 생각뿐입니다.

우리 파라마운트가 하고 싶은 말은 〈스펙터클 어드벤처〉 시리즈의 각본을 신지호 감독의 시나리오로 정했다는 겁니다! 감독님과 일할 수 있는 영광을 누리게 해주시죠.

기대 이상 좋은 반응에 지호는 활짝 웃었다. 열이 오르는지 코끝이 맵고 몸도 물먹은 솜처럼 무거웠지만, 기분만은 하늘을 날 수 있을 것 같았다.

슬럼프를 극복하게 된 정확한 경위는 알 수 없지만, 완전히 자유로워진 듯했다. 슬럼프를 벗어나며 파라마운트 측 사람들의 기대도 충족시킬 수 있었다. 자신에게 굴러들어 온 기회를 발로 차버리지 않아도 되는 것이다.

'여기 오길 잘했어.'

유태일과 갑론을박을 벌이며 조언도 주고받았다. 추상적인 이야기들이 오가는 와중에도 서로의 의도를 알 수 있으니 손발이 딱딱 맞는 느낌이 들었다. 확실한 부분은, 이곳에 오기 전보다 많은 성장을 하고 돌아갈 거라는 확신이 든다는 점이었다.

"후… 감기 걸리면 안 되는데."

중얼거린 지호는 유태일이 준 비상약을 먹고 침대에 누웠다. 그는 마치 전신마취를 한 것처럼 순식간에 축 늘어져 잠이 들었다.

다음 날 눈을 뜬 것은, 시끄러운 벨소리 때문이었다. 알람이 울리기도 전에 새벽같이 전화가 걸려온 것이다.

―워너 브라더스의 토비 휴스턴입니다. 이른 아침에 전화드려 죄송합니다.

"지금이 몇 시죠?"

―한국은 오전 일곱 시입니다.

"그런데 이 아침부터 무슨 일로……?"

―파라마운트와 계약을 하셨다고 들었습니다.

"맞습니다. 시나리오도 넘겼죠."

순간 토비 휴스턴은 벙 졌다. 파라마운트와 계약을 했다는 소식을 들은 지 불과 일주일도 지나지 않았다. 그런데 이미 시나리오를 넘겼다고?

'〈스펙터클 어드벤처〉를 일주일 만에 쓰고 오케이를 받았다고?'

파라마운트가 시리즈를 말아먹으려 작정하지 않은 이상, 불가능에 가까운 일이었다. 더욱이 파라마운트는 이번 〈스펙터클 어드벤처〉에 큰 기대를 걸고 있지 않은가.

—제게 숨기실 필요는 없습니다. 감독님께서 꼭 저희와 독점 계약을 하실 필요는 없는 거니까요. 그저 워너 브라더스의 차기 시리즈물 총괄 프로듀서에 참여하지 못하시는 상황이 맞는지, 확인 차원에서 연락을 드린 것뿐입니다.

"그게… 언제까지죠?"

—프로듀싱 마무리까지 네 달 안에 끝내야 합니다.

현재 예정되어 있는 유태일과의 영화 촬영 일정은 한 달이었다. 그것은 지호가 합류하기 전부터 촬영 준비 및 자잘한 촬영이 모두 끝나 있었기에 가능한 일이었다. 물론 편집과 홍보를 거치면 석 달은 걸리겠지만, 그건 유태일의 몫이었던 것이다.

시간을 계산해 본 지호는 토비 휴스턴에게 대답했다.

"관련 자료들을 보내주셨으면 합니다. 계약에 위배되는 게 아니라면, 워너 브라더스의 시리즈물을 맡아 좋은 인연을 맺고 싶군요."

ㅡ제가 관련 자료를 드리는 순간 신 감독님은 이번 총괄 프로듀서 자리를 승낙하시는 겁니다. 그리고 계약된 기간이 지나는 사고라도 일어나면, 다시는 할리우드에 발을 붙이지 못하실 겁니다.

지호 역시 잘 알고 있는 사실이었으나, 슬럼프를 탈출하는 과정에서 자신감도 붙고 한결 여유로워진 그의 마음은 변치 않았다.

"잘 알고 있습니다. 관련 자료를 주시면 검토해 보고, 또 연락드리겠습니다."

전화를 끊고 머지않아 워너 브라더스 측에서 메일 한 통이 왔다. 첨부된 자료에는 협력 투자사들에 대한 정보가 끝도 없이 이어졌다. 지금까지 투자했던 작품 목록부터 조직도, 매출 현황까지 매우 세밀했다.

향후 워너 브라더스에서 대표작으로 내세울 시리즈물이니만큼 많은 자금이 들어가는 프로젝트였고, 총괄 프로듀서의 역할 또한 커질 수밖에 없는 것이다.

"어쩌면 토비 휴스턴의 말이 맞을지도……."

지호는 한쪽 입꼬리를 올리고 웃으며 중얼거렸다. 땀이 삐질 흘렀다.

'검토해야 될 서류가 왜 이렇게 많아?'

각 투자사들과 계약을 하는 것도 그의 몫이었다. 따로 영화사의 영업 사원을 쓸 수도 있었지만 어쨌든 계약은 총괄 프로듀서의 책임인 것이다.

지호에게는 지금까지와 비교도 안 되는 천문학적인 제작비가 책정돼 있었다.

"내 눈이 제대로 된 게 맞겠지?"

어안이 벙벙했다.

워너 브라더스 측이 제시한 제작비는 4억 달러. 한화로 4,500억에 달하는 금액이다.

2천억 원의 손실을 내고 디즈니 회장마저 사퇴하게 만든 〈존카터〉가 될지, 〈배트맨〉이나 〈해리포터〉, 〈스파이더맨〉처럼 큰흥행 수익을 낸 시리즈물이 될지는 오로지 지호에게 달린 것이다.

'제대로 부담되네.'

그는 더 이상 움츠러들지 않았다. 예전처럼 설렘을 안고 밤늦게까지 앞으로의 계획을 수립해 나갔다. 창대한 결과를 위해 준비를 하는 과정만큼 즐거운 일은 없었다.

＊　　　＊　　　＊

다음 날 아침, 지혜에게 연락이 왔다.

―지금 수열이랑 공항 도착했어! 수열이 집에 바래다주고 내일쯤 합천으로 가면 되는 거지?

그녀가 온다는 사실에 지호는 절로 든든한 기분이 들었다. 마치 타향에서 고향 사람을 만난 기분이랄까.

"그래 주시면 감사하지만, 누나도 좀 쉬셔야 하지 않아요? 많이 피곤하실 텐데."

―네가 한국으로 먼저 떠난 뒤에 푹 쉬었어. 수열이 덕분에 원 없이 관광도 하고! 잠시만, 수열이가 바꿔 달래.

대수롭지 않게 대답한 지혜가 수열이를 바꿔 주었다.

―형!

그 목소리를 듣자 지호는 반가운 마음이 들었다.

"수열아, 내가 제대로 챙겨주지 못해서 미안해."

―에이, 아니야. 형보다 지혜 누나가 챙겨준 게 더 좋은데? 하하! 대단한 배우들도 만나고, 촬영 현장도 구경해 보고, 여기저기 돌아다녀서 완전 만족스러웠어.

"다행이다, 이제 곧 방학도 끝나지?"

―응! 집에 돌아오면 봐, 형.

"그래."

익숙한 두 사람과 통화를 마치고 마음이 따뜻해진 지호는 다소 들뜬 기분으로 촬영 현장에 나갔다.

그를 발견한 스태프들이 먼저 인사를 건네어 왔다.

"안녕하세요, 감독님."

"좋은 아침입니다!"

그들의 목소리만 들어도 실력 발휘를 하기 전과 다르게 자신에게 호감을 가지고 있음을 느낄 수 있었다.

'역시 사람은 행동으로 말해야 돼.'

새삼 느낀 지호는 반갑게 대답했다.

"좋은 아침입니다. 편히 쉬셨어요?"

"하하, 물론이죠. 감독님이 아주 프로페셔널하게 한 큐에 촬영해 주신 덕분에 푹 잤습니다."

"얼마 만에 그렇게 일찍 끝났는지 모릅니다."

스태프들은 공치사하는 데 여념이 없었다.

그때 다가온 유태일이 어깨를 잡으며 말했다.

"스태프들에게 완전히 인기 스타가 되셨어요."

"좋게 생각해 주셔서 다행입니다. 그나저나 유 감독님. 말씀드릴 게 있는데요."

"저한테요?"

지호는 고개를 끄덕였다.

"네, 제 팀원을 한 명 받아주셨으면 합니다."

그에 유태일 감독이 난처한 기색을 보였다.

"말씀드렸다시피, 감독님을 마지막으로 티오가 다 찼습니다. 여기서 더 인원을 늘리는 건 곤란합니다."

"이지혜 감독을 아시죠?"

지호는 예전에 들었던 두 사람이 라이벌이었다는 사실이 떠올라서 물었다.

역시나 유태일은 놀란 표정을 지었다.

"한국예술대학교 이지혜요?"

"네, 맞습니다."

"아직도 신 감독님 팀에 있었군요… 지혜를 받아달라……."

나지막이 읊조린 그가 말을 이었다.

"좋습니다. 하지만 공동 연출이 둘에서 셋이 되면 곤란해요. 그 친구를 조연출로 받을 테니 신 감독님이 컨트롤해 주십시오. 제 말은 안 듣거든요."

"알겠습니다."

지호는 밝게 웃었다.

마음 같아선 그동안 함께 작업했던 기철, 해조, 웅지, 마리까지 전부 불러오고 다시 모여 촬영을 하고 싶지만 당장은 불가능했다. 지혜가 합류한 것만 해도 감사하게 받아들여야 하는 상황인 것이다.

'정말 큰 힘이 될 거야.'

지혜를 떠올리며 빙그레 웃은 유태일이 스태프들을 향해 크게 외쳤다.

"모두들 스탠바이해 주세요!"

스태프들과 배우들이 제자리를 찾아갔다.

순간 지호는 자신의 카메라를 찾았지만, 이미 스태프들이 세팅을 해둔 상태였다.

가장 까칠했던 조명감독이 말했다.

"…준비되면 사인 주게."

"감사합니다."

지호는 감격한 얼굴로 이동활차에 가서 앉았다. 모든 스태프들이 뒤에서 등을 밀어주는 것처럼 든든한 마음이 들었다.

군복을 입고 보조 출연자들 틈에 앉아 있던 앵글 속의 도원이 손을 흔들며 말했다.

"감독님, 준비됐습니다!"

그에 지호가 운을 뗐다.

"카메라 롤."

위이잉—

카메라가 작동한다.

"레디, 액션!"

배우들의 연기가 시작됐다.

총소리와 함께 총격전이 시작됐다.

지호는 이동활차를 타고 움직이며 넓은 시야로 장면을 속속들이 담아냈다. 줌(Zoom) 기능을 쓰지 않고 달리(Dolly)만으로 자연스러운 움직임을 보였다.

모니터를 통해 앵글에 담기는 장면들을 보던 유태일은 절로 고개를 끄덕였다.

'역시 부드러워.'

지호가 움직이는 카메라는 A카메라. B카메라와 C카메라는 같은 거리의 측면과 후면에 고정된 상태로 찍고 있었다.

롱숏(Long shot) 장면이 끝나고, 그다음 풀숏(Full shot)과 클로즈업(Close Up)으로 넘어갔다. 총을 쏘는 병사, 총에 맞고 쓰러진 채 비명을 지르는 병사, 터진 무전기 등을 풀숏으로 담았다. 병사들의 표정, 총탄이 발사되는 총구, 무수히 튀며 김을 모락모락 내는 탄피 등이 클로즈업으로 촬영됐다.

유태일 감독은 볼 때마다 놀랐다.

'카메라 구도만으로 느낌을 살리는 데에는 타고 났군.'

이 정도면 됐다 싶은데도 지호는 굳이 여러 디테일한 부분들을 다각도에서 촬영했다. 필름을 아까워하지 않고 편집할 때 써먹을 수 있는 재료들을 최대한 많이 확보하는 것이다.

시행착오 없는 정확한 기술과 세밀한 부분을 포함한 전체를 볼 줄 아는 넓고 꼼꼼한 시야까지. 그야말로 기술과 본능을 겸비한 사기 캐릭터가 아닌가?

'설마 편집까지 잘하는 건 아니겠지?'

그런 의문을 가진 유태일은 고개를 절레절레 저었다. 편집

이야말로 경험과 연륜이 선사하는 날카로운 시야가 필요한 작업이었다. 이 두 가지 조건을 갖추지 못한 감독들은 대부분 돌려 보고 또 돌려 보며 장시간 씨름하는 시간을 가진다. 편집을 끝마친 뒤에도 돌아보면 엉망인 과정을 반복한다. 그러나 그는 미처 알지 못했다.

지금 촬영을 하는 와중에도 지호의 머릿속에서는 무수한 시행착오가 반복되고 있다는 것을. 섬광 기억으로 최고의 테이크 넘버를 모조리 찍어둔 뒤, 퍼즐을 완성해 나가고 있다는 사실을 말이다.

*　　　*　　　*

다음 날 아침, 지혜가 도착했다. 호텔 로비에서 그녀를 만난 지호는 고개를 저으며 물었다.

"이 시간에 도착했으면… 몇 시에 출발하신 거예요?"

"4시 반? 목숨 걸고 왔어. 오늘까지 장롱면허였거든."

그 말을 들은 지호는 깜짝 놀랐다.

"그런데 고속도로를 타셨어요?"

"원래 하면서 느는 거지! 그래도 초보 운전 붙이고 매너 지켰으니 괜찮을 거야."

지혜는 언제나 그렇듯 대담했다. 그녀는 시계를 확인하며 물었다.

"촬영 시간은 언제야?"

"한 시간 뒤요. 이제 다들 내려올 거예요."

"태일이 오빠, 오랜만이네."

지혜는 짓궂은 미소를 지었다.

이때까지 지호는 그녀 표정의 의미를 몰랐으나, 곧 알게 되었다.

지혜를 발견한 유태일의 반응이 가관이었던 것이다.

"이지혜……."

그는 항상 당차던 모습과 달리 어딘가 움츠러든 모습이었다. 반면 활기찬 표정으로 다가간 지혜가 악수를 걸며 물었다.

"오빠, 잘 지냈어요?"

"음, 덕분에."

"반갑지 않은 눈치네요. 전 반가운데."

그녀 말에 피식 웃은 유태일이 악수를 받아주며 대답했다.

"아니야, 그럴 리가? 옛일이 생각나서 어색한 것뿐이지."

지호는 미처 두 사람에게 얽힌 이야기까지 들을 수는 없었다. 인사를 마친 지혜가 말을 돌린 것이다.

"어쨌든 경쟁자가 아닌, 한 팀이 돼서 기뻐요."

"미투."

그 순간 스태프들이 로비로 내려왔다. 그들은 삼삼오오 팀별로 모여 촬영 계획에 대한 이야기를 나눴다.

떠들썩해 지자 유태일이 지호와 지혜에게 말했다.

"우리 먼저 출발하자, 지혜한테는 앞으로 스케줄에 대해 해 줄 말도 있고."

"알겠어요."

지혜가 대답했고, 그들은 먼저 차를 타고 움직였다.

이내 운전대를 잡은 유태일이 입을 열었다.

"영화 관련된 내용은 전부 알고 있을 테니까 생략할게. 지금 얘기할 건 지혜 네가 도와줄 일이야. 넌 팀 조연출과 지호 서브 역할을 같이해 주면 돼. 가능하겠어?"

그는 눈치를 봤다. 두 편의 영화를 연출하고 평단과 관객의 호평을 받으며 영화제 입상까지 했던 지혜 정도 레벨이면 누구 밑에서 조연출로 일할 수준이 아니었던 것이다.

하지만 웬일인지 지혜는 순순히 응했다.

"물론 가능하죠, 함께 영화 찍으러 온 건데."

그녀는 씨익 웃으며 태일을 놀리듯 한마디 건넸다.

"오빠, 소심한 건 여전하시네요."

"네 앞에선."

유태일은 전제를 붙이며 마주 웃었다.

두 사람의 미묘한 기류를 체감한 지호는 눈치로 상황을 넘겨짚을 수 있었다.

'예전에 뭔가가 있었네.'

그가 지혜를 처음 봤을 땐 한국예술대학교 연기과 학회장이었던 김우진과 만나는 중이었다. 지금 김우진은 유명한 배우가 되었다. 이도원만큼은 아니겠지만.

한편 지혜는 대학을 졸업하고 유태일의 연출부에서 일을 했던 것으로 안다. 아마 이때 둘 사이에 무슨 일이 있었을 터. 그 때문인지 지혜는 일 년도 안 돼서 자신의 팀을 꾸려서 나왔고, 감독으로 데뷔했다.

그때, 유태일이 지호의 낌새를 눈치채고 먼저 말을 해주었다.

"내가 지혜한테 고백하고 차였었어."

너무 간단히 정리하자 지혜가 빵 터져서 웃었다.

"저도 그때 오빠가 싫었던 건 아녜요, 영화가 너무 좋았을 뿐이지."

"그럼 지금은요?"

지호가 묻자 그녀는 고개를 저었다.

"지금은 노! 너무 눈이 높아졌어."

"연애는 타이밍인데 말이야."

슬쩍 거든 유태일은 능숙하게 차를 주차한 뒤에 덧붙였다.

"나도 마찬가지로 눈높이가 바뀌었다고."

세 사람은 촬영 현장에 내린 뒤 자연스럽게 주변을 걸었다. 그러나 세 명 모두 아무 말도 하지 않았다. 그들은 머릿속으로 오늘 촬영할 장면들에 대해 생각하고 있었다. 시나리오로 읽고 스토리 보드를 통해 확인한 배우들의 동선을 현장에서 직접 적용해 보고, 촬영 구도와 기법을 체크해 보는 시간이었다.

세 사람이 현장을 한 바퀴 돌아봤을 때쯤 스태프들이 도착했다. 그들은 카메라와 조명, 오디오를 설치하는 등의 준비를 마쳤다.

태일, 지호, 지혜와 함께 스토리보드를 확인한 도원이 말했다.

"문제없습니다."

지금부터 촬영할 내용은 위험 요소가 다분했다. 카메라는 총격전 끝에 내몰려 산 아래로 추락하는 도원을 찍게 된다. 물론 군복 안에 겹겹이 충격을 완화시켜 줄 보호대를 착용하지만, 까딱하면 다칠 수도 있는 아찔한 장면이었다.

그럼에도 도원은 직접 액션을 소화하겠다는 의견을 고수하고 있었다. 이도원이라는 베테랑 배우의 의견을 무시할 수도 없는 노릇이었다.

"정말 괜찮겠어?"

유태일은 여전히 걱정스러운 얼굴이었다.

반면 지호는 도원과 같은 생각이었다. 어느 정도 위험을 감수할 가치가 있는 하이라이트였기 때문이다. 산 아래로 추락하는 장면의 연기가 위험하다면, 레일을 따라 고속으로 떨어지며 촬영해야 하는 지호의 위험도 만만치 않은 것이다.

"한 방에 끝낼게요."

분명 어려운 촬영임에도, 지호는 자신했다. 아마 그의 말이 아니었다면 유태일이나 지혜도 여러 차례 촬영이 불가피하다고 여겼을 터였다. 빠르게 굴러떨어지는 배우와 비슷한 속도로 내려가며 카메라를 놓치지 않는 건 무척 어려운 일이었기 때문이다. 그렇게 촬영이 반복되다 보면, 아찔한 순간들이 일어나게 마련이다.

여전히 우려 섞인 표정으로 서 있던 유태일은 마침내 고개를 끄덕이며 촬영 승인을 냈다.

"좋아요, 대신 꼭 한 방에 끝내주길 바랍니다."

"화이팅!"

지혜가 도원과 지호의 어깨를 두드렸다.

곧 현장에 구급차가 도착했다. 혹시 모를 사고를 대비한 안배였다. 그 덕분에 현장 분위기는 한층 더 엄숙해졌지만, 다행히 스태프들 모두 긴장감을 활용할 줄 아는 베테랑들이었다.

"촬영 들어가겠습니다!"

"카메라! 조명! 오디오!"

"준비 끝났습니다!"

평소보다 더 크고 명확하게 사인을 주고받았다. 긴장해서 우물쭈물하며 소통의 혼선을 겪는 순간 사고를 부를 수 있기 때문이다. 더불어 크고 밝은 목소리는 사기진작에도 도움이 되었다.

그때 이동활차에 올라 카메라를 점검한 지호가 외쳤다.

"광각렌즈 달린 카메라랑 고속 촬영 가능한 캠도 같이 실어 주세요!"

그 말을 들은 사람들 모두 영문을 모르겠다는 반응이었다. 카메라를 몇 대 싣건, 떨어지는 시간은 채 1분도 되지 않는다.

'올라오는 길에 다른 숏들을 촬영하려고 하나?'

스태프들은 대수롭지 않게 치부하며 카메라를 실었다.

마침내 준비를 마친 지호가 카메라를 잡고 지시했다.

"준비 끝났습니다! 카메라 롤!"

카메라에 불이 들어오자 팽팽한 긴장감이 흘렀다.

한편 도원은 가파른 언덕 위에서 아래를 바라보고 있었다. 경사면 코앞까지 접근하지 않으면 아래가 보이지 않는 것이, 절벽과 크게 다를 바 없어 보였다. 경사면은 76%. 즉, 37도쯤 될까?

'잘못 떨어지면 목 부러지겠는데?'

물론 말이 그렇단 소리지, 그럴 일은 없었다. 철모 안으로 목과 얼굴, 머리를 보호해 주는 살색 보호대를 한 뒤 전신에도 보호대를 착용했기 때문이다.

사실 떨어진 카메라로 촬영할 경우 보호대는 물론 얼굴도 잘 안 보일 터였다. 그럼에도 액션배우를 쓰지 않고 직접 연기하고자 했던 이유는, 아주 찰나의 빈틈도 허용하고 싶지 않았던 것이다. 도원은 한 인물을 연기함에 있어 극의 모든 순간을 직접 연기하고 싶었다.

"준비됐습니다!"

도원의 말에 지호는 팔로 동그라미를 그렸다. 그러자 그가 탄 이동활차가 평지에서 천천히 움직이기 시작했다. 완벽을 추구하는 배우의 마음을 완벽히 이해하고 공감한 연출은 기꺼이 지호 자신도 공포심을 감수하게끔 했다.

'지금!'

경사면이 시작되는 순간에 지호가 외쳤다.

"액션!"

이동활차가 낙하를 시작함에 따라 도원도 경사면으로 몸을 던졌다. 지금까지 같은 무게를 싣고 리허설을 해본 터라, 레일을 타고 쏟아지는 이동활차와 굴러떨어지는 도원의 속도가 일정했다.

지호는 조금 앞서 있는 구도에서 도원을 촬영했다.

퍼억! 퍽!

돌부리에 찍히고 나무에 부딪혀 천으로 된 군복이 넝마가 됐지만 살색 보호대 덕에 다치지는 않았다. 하지만 손톱 크기의 피 주머니가 터지며 소량의 출혈이 연출됐다. 군복이 찢어지며 보호대에 분장된 상처들이 드러났다.

"으윽!"

부딪힐 때마다 도원이 신음을 냈다. 추락하는 연기가 너무 리얼했기에 카메라로 찍는 지호나, 모니터로 장면을 보고 있는 유태일이 다 아플 지경이었다. 정작 당사자인 도원은 둔탁한 느낌만 들 뿐, 아무 통증도 없겠지만.

'코스가 얼마 안 남았어!'

추락 구간의 끝이 다가오자 지호는 떨어지는 와중에도 카메라를 교체하며 광각렌즈와 고속 촬영을 적극 활용했다. 그는 1분도 되지 않는 시간 동안 추락하며 빠른 손놀림과 고난도의 기술을 이용해 다양한 스타일의 장면을 만들어냈다.

언덕 위에서 모니터를 보고 있던 유태일과 스태프들은 경악했다. 그 찰나를 여러 촬영법으로 나눠서 활용할 줄은 꿈에도 몰랐던 것이다. 아니, 이런 연출이 가능하다는 것 자체를 몰랐다. 어디서도 들어본 적 없는 광경을 직접 두 눈으로 목격하고 있는 것이다.

지호가 탄 이동활차가 레일 끝에서 멈추고, 일부러 힘껏 구르던 도원도 추락을 멈췄다.

그러자 화들짝 깨어난 지혜가 물었다.

"저게 가능한 거예요?"

"내가 묻고 싶은 말이야."

유태일은 그녀를 보며 이어 물었다.

"신 감독과 계속 같이 작업해 왔다며? 또 어떤 신기를 봤던 거야?"

"저도 이런 건 처음이라고요."

지혜는 쉽사리 모니터에서 눈을 떼지 못했다. 지금까지도 항상 뛰어난 촬영 기술을 보여주던 지호였지만, 오늘 본 장면은 평생 잊지 못할 것이다. 지호와 도원은 완벽히 현실감을 살렸다. 모니터를 보고 있는 사람들 모두 함께 추락하는 느낌이 들었을 만큼.

'떨어지는 와중에 광각렌즈와 고속 촬영을 활용해 디테일한 장면까지 포착해 내다니⋯⋯.'

광각렌즈를 이용한 촬영은 피사체인 도원을 작게 잡으며 산속의 배경을 상대적으로 넓게 포착해 주었다. 또한 고속 촬영은 도원이 돌부리에 부딪히고, 굴러 떨어지는 모습을 슬로모션으로 포착해 주었다.

"이동활차가 떨어지는 순간에 카메라를 몇 차례나 바꿔 잡을 줄이야."

유태일 감독이 말하자 지혜가 거들었다.

"그런데도 초점을 놓치지 않았어요."

그때 지호와 도원이 언덕 위로 올라왔다. 평지에 도착하자마자 군복과 보호구를 벗어버린 도원이 빙그레 웃으며 말했다.

"재밌는데요? 한 번 더 하고 싶을 정도예요."

"그럴 필요 없겠는데?"

유태일이 마주 웃으며 말을 이었다.

"미리 얘기한 대로 한 방에 끝났어."

"감독과 배우 둘 다 엄청났어요!"

지혜가 엄지를 치켜들었다.

머쓱하게 웃은 지호가 도원을 향해 말했다.

"모니터링을 해봐야겠지만, 수고하셨습니다."

"믿기지 않는군요. 정말 이 장면을 한 큐에 끝냈다니… 어떻게 찍은 거죠?"

대답한 도원이 냉큼 모니터 앞으로 갔다.

지호 역시 모니터를 바라보자, 유태일이 화면을 돌려주었다. 스태프들은 다시 봐도 명장면이란 생각을 했고, 도원은 눈을 휘둥그레 뜬 채 넋을 놓았다.

주변의 격한 반응에도 실시간으로 앵글을 통해 화면을 보았던 지호는 만족한 표정을 지었을 뿐, 별다른 내색을 하지 않았다.

'순발력이 통해서 다행이야.'

고속으로 떨어지는 상황 속에서 카메라를 바꿔 잡으며 움직이는 피사체를 포착하는 일은 쉽지 않았다. 그럼에도 자신이 해낸 것이다.

한편 추락 장면을 모두 본 도원은 다시금 확신할 수 있었다.

"정말 영화는 감독의 예술이네요. 신 감독님 촬영 스킬은 예술이에요. 어떻게 이런 장면을 연출할 수 있는 겁니까?"

모두의 생각을 대변하는 말이었다.

그에 지호는 그저 머쓱하게 웃을 뿐이었다.

*   *   *

호텔로 돌아오는 내내, 지호는 스태프들의 뜨거운 시선을 받아야만 했다. 그들은 이제 신뢰를 넘어 존경을 보내고 있었다.

한두 번은 기분이 좋았지만, 계속해서 튀어나오는 찬사들이 지호를 낯간지럽게 만들었다. 따라서 그는 호텔로 돌아오자마자 방으로 숨어버렸다.

물론 스태프들의 부담스러운 시선 때문만은 아니었다.

"할 일이 많네."

지호의 몸은 이미 녹초가 되었지만, 그럴수록 알 수 없는 곳에서 에너지가 펄펄 솟았다. 신체적으로 컨디션이 떨어질수록 정신적인 컨디션은 상승하는 느낌이었다.

'4,500억짜리 워너 브라더스의 시리즈물을 내가 맡게 된다.'

4,500억의 제작 예산은 국내에선 꿈도 꾸지 못할 호사였다. 지호는 금액에 대한 부담을 버리고 자신에게 닥친 행운을 즐기기로 마음먹었다. 그러자 즐거운 비명이 나올 지경이었다.

"자, 그럼 일을 어떻게 진행한다?"

만약 영화가 망하면 손해 금액은 영화의 예산을 책정한 워너 브라더스 측에서 메워줄 것이다. 그러나 이전에, 제작 예산을 투자받는 건 총괄 프로듀서의 몫이었다. 그 때문에 투자사 명단을 메일로 넘겨받았다.

'일단 투자자들이 저절로 찾아올 시나리오가 있어야겠지.'

아무리 지호라 하더라도 여러 편을 한데 묶는 시리즈물을 두어 달 내에 뚝딱 써낼 수 있을 리 만무했다. 한 편의 시나리오를 쓰는 것과는 차원이 다른 작업이었다.

더욱이 워너 브라더스의 사활이 걸렸다 해도 과언이 아닌 4,500억짜리 프로젝트를 검증도 안 된 시나리오로 밀어붙일 수는 없는 일. 이 정도 예산을 군자금으로 삼는다면 두터운 팬층을 가진 시리즈물을 가져와서 각색하게 마련이다.

일례로 〈배트맨〉, 〈해리포터〉, 〈반지의 제왕〉, 〈어벤저스〉 시리즈 등 헤아릴 수 없이 많은 시리즈물들이 책이나 만화 같은 원작을 기반으로 만들어졌다.

'지금 시리즈물로 만들 만한 작품이 있나?'

더 알아봐야겠지만 선뜻 생각나는 작품이 없었다.

이미 유명한 장르 소설 작가들의 작품은 시중에 나오기도 전에 영화사들이 줄 서서 기다릴 지경이었다. 또한 괜찮은 신작이 나왔다 하면 앞다퉈 영화제작에 들어가곤 했다. 이는 원작의 팬들을 끌어들이는 흥행성과 관객들이 고스란히 옮겨가는 시리즈물의 연속성을 고려한 결과였다.

'런던 퍼블리싱에 문의해 봐야겠어.'

지호는 영화 〈투데이〉의 원작자 필립 코코와 편집자 닐 대니를 떠올렸다. 아무래도 출판업계 사정에 밝은 그들이라면 그럴싸한 작품을 추천해 줄 수 있으리라는 생각이 번쩍 든 것이다.

시간을 확인한 지호는 닐 대니에게 전화를 걸었다.

그리고 머지않아, 닐 대니의 목소리가 들려왔다.

―신지호 감독님! 오랜만이네요.

"하하, 제가 너무 뜸했네요. 잘 지내시죠?"

―그럼요. 신 감독님 영화는 잘 챙겨보고 있습니다. 계속 작품을 하셔서 영화화할 만한 작품들이 보여도 미처 연락을 못 드렸네요!

"그래요?"

지호로선 듣던 중 반가운 소리였다.

"안 그래도 제가 이번에 워너 브라더스 시리즈물의 총괄 프로듀서를 맡게 되었습니다. 그래서 영화로 만들 만한 작품이 있나 찾고 있었어요. 점찍어 두신 작품들, 모두 제게 보내주실 수 있을까요?"

―예? 아……! 물론입니다!

상황이 퍼즐처럼 맞아떨어지자 이야기가 쉬웠다.

―시리즈물로 만들 만한 작품만 보내드릴까요?

그 질문에 지호가 고개를 저으며 대답했다.

"아뇨. 편집자님의 머릿속에 떠오른 작품 모두 보내주시면 감사하겠습니다. 작품들을 받아서 읽어 보고 다시 연락드리겠습니다. 보내주실 주소는……"

작품 촬영과 시리즈물 기획을 병행하며 지호는 몸이 삭는 느낌을 받았다.

촬영 자체는 별다른 문제가 없었지만 시리즈물 기획에는 어려움을 겪고 있었다.

자신이 한국에 있으니 할리우드 영화사들을 상대할 수가 없는 것이다.

'전화로 계약을 하자고 할 수도 없는 노릇이고.'

좋은 방법이 없을까 생각하던 그는 워너 브라더스 측에 시리즈물을 제작하고 있다는 소문을 흘려달라고 했다.

총괄 프로듀서는 지호였기에 워너 브라더스는 그의 말에 고분고분 따라주었다. 언론 매체들을 동원해 시리즈물 제작에 대한 내용을 공표한 것이다.

'제작 예산 4,500억'이라는 내용이 실리자 모든 영화사들의 시선이 집중됐다. 워너 브라더스에서 위험을 감수하면서까지 이만한 예산을 책정했다는 건, 향후 몇 년간 자금 확보에 든든한 기둥이 되어줄 시리즈물을 제작한다는 의미나 다름없었기 때문이다.

아니나 다를까, 워너 브라더스의 전화통에 불이 났다.

영화의 내용을 파악한 뒤 투자하고 싶다는 희망자들의 전화였다. 그러나 이미 굵직한 거물급 투자사 명단이 나와 있었기에, 워너 브라더스 측은 거절 의사를 표명했다. 정작 거물급 투자사들은 이런 미끼에 움직이지 않았던 것이다.

워너 브라더스의 토비 휴스턴은 지호의 계획이 허사로 돌아갔다고 판단했다.

─쓸데없는 짓이었습니다. 덕분에 물밑 경쟁만 심해지게 생겼어요. 다른 경쟁사들에게 우리의 계획을 노출했으니 그만큼 투자금을 끌어들이기 힘들어질 겁니다. 어쩌면 제작 과정에도 방해를 받을 수 있겠죠.

그러나 지호는 당황하거나 사과하지 않았다.

"쓸데없는 짓이 아닙니다. 휴스턴 씨께서 걱정하시는 부분을 해결할 비책이니까요. 아직 우리가 기다리는 대어는 미끼를 물지 않았습니다."

—우리가 기다리는 대어요?

토비 휴스턴이 헛웃음을 터뜨리며 말을 이었다.

—그런 게 있기는 한 겁니까? 제작 예산을 밝힌다고 해서 우리가 원하는 영화사들을 움직일 수는 없습니다. 신 감독이 직접 찾아가서 투자금을 받아 오는 수밖에 없다는 뜻입니다.

적지 않은 금액이 들어간 대형 프로젝트였기 때문에 그는 잔뜩 날이 서 있었다. 전적으로 총괄 프로듀서인 지호의 의견을 존중하면서도, 결과에 있어선 냉엄한 추궁을 퍼붓는 것이다.

그에 지호가 대답했다.

"당연히 그렇게 할 생각입니다. 제가 원하는 건 우리 명단에 있는 영화사가 아니에요. 아직 말씀드리긴 이른 것 같아서 함구해 왔지만, 20세기 폭스를 겨냥하고 있습니다."

—20세기 폭스요?

워너 브라더스와 20세기 폭스는 오래전부터 경쟁 상대였다. 그런데 20세기 폭스에게 투자를 받겠다?

—20세기 폭스 측이 우리가 메인으로 만드는 시리즈물에 투자할 리 없지 않겠습니까? 적군의 등에 날개를 달아주는 것도 아니고…….

"전 예전에 20세기 폭스 측으로부터 차기작 제안을 받은 적이 있습니다. 제가 파라마운틴과 각본 작업을 하고, 워너 브라더스의 시리즈물에 총괄 프로듀서를 맡았다는 것을 알면 그들이 어떻게 나올까요?"

─신 감독님에게 등을 돌리거나, 자신들도 새로운 계약을 하려 들겠지요. 하지만 할리우드의 순풍을 타고 있는 신 감독님과 척을 지진 않을 겁니다.

할리우드 영화사들은 철저히 이익을 위해 움직인다. 할리우드는 어제의 적이 오늘의 친구가 되는 곳이었다. 지호 역시 이 부분을 활용해 이득을 보려는 생각이었다.

"맞습니다. 20세기 폭스는 시리즈물이 끝난 뒤의 계약을 미리 제안할 가능성이 높습니다. 하지만 제가 처한 상황이 언제 달라질지 모르니 주가가 오를 대로 오른 지금 시점에 함께 작품을 하고 싶어 하지 않을까요?"

─아니면 신 감독님을 포기하든지요?

"그렇습니다."

지호의 대답을 들은 토비 휴스턴은 호탕한 웃음과 함께 말했다.

─신 감독님도 때가 많이 탔군요.

"처음부터 이런 상황을 의도한 건 아니지만… 세 영화사 모두 너무 좋은 제안을 해주시니 혼란스러웠거든요. 어떤 선택이든, 결정을 해야 했죠."

얼버무렸지만, 지호는 조건을 떠나 마음 편히 영화를 만들 수 있는 곳을 선택하고 싶었다. 그런데 직접 손발을 맞춰가며 작업해 보지 않고는 알 수 없으니, 세 군데 영화사에서 제안한 조건대로 함께해 본 다음 앞으로 함께할 곳을 결정하기로 마음먹었던 것뿐이었다.

그러나 토비 휴스턴은 다른 의미로 알아들었다.

―아무리 그래도 세 곳과 같이 가는 건 힘들 겁니다. 영화사 여러 곳에서 러브콜을 받는 할리우드 감독들조차 굳이 자신의 영화들을 한 영화사를 통해 작업하는 데에는 그만한 이유가 있어요.

지호는 굳이 해명하지 않고 대답했다.

"제 소울 메이트, 신중히 결정하겠습니다."

이내 시리즈물 제작에 대해 몇 마디 더 나눈 두 사람은 그만 전화를 끊었다.

전화를 끊은 지호는 옷을 입고 촬영장으로 나갔다.

현장에선 유태일 감독의 스태프들이 한 팀이 된 지호를 기다리고 있었다.

"감독님! 좋은 아침입니다!"

"촬영 준비 끝났습니다!"

그들을 보며, 지호는 밝게 웃었다.

*   *   *

지호는 촬영에 치여 정신없이 지냈다. 그도 사람인 이상 한
계가 있었기 때문에, 한동안은 시리즈물에 신경을 쓰지 못했
다. 한참 유태일과의 작품에 집중하고 있을 무렵, 20세기 폭스
에서 기다리던 연락이 왔다.

20세기 폭스 담당자 제럴드 프레더릭은 단도직입적으로 감
정을 표현했다.

─어떤 곳보다 좋은 조건을 제안했다고 생각했기 때문에
조금 당황했습니다. 지금에서야 연락을 드리는 이유는, 그동
안 예상치 못한 결과에 대한 대책을 마련했기 때문입니다.

"대책이요?"

─그렇습니다. 우린 신 감독님의 다음 작품에 대한 선독점
권한을 얻고 싶습니다.

예상했던 레퍼토리였기 때문에 지호는 당황하지 않고 대답
했다.

"제게 좋은 제안을 해주신 영화사들과 함께 작업을 해보고
신중하게 결정하자는 생각이었으니, 다음 작품을 20세기 폭
스와 하는 데에는 아무런 문제가 없습니다. 아직 이야기된 곳

도 없고요."

생각을 정리한 그가 말을 이었다.

"하지만 다음 작품을 발표하는 시기가 언제가 될지 저조차 도 알 수 없습니다. 지금까지처럼 쉴 틈 없이 작업할 수도 있고, 견문도 넓힐 겸 몇 년 정도 여행을 떠날 수도 있겠죠. 이런 상황에서 차기작에 대한 계약을 맺는 건, 저로서도 불편할 수밖에 없습니다. 대출 받아서 집을 사는 기분이랄까요? 일을 쉬기도 눈치 보일 것 같고요."

─적절한 비유군요.

살짝 웃음을 터뜨린 제럴드 프레더릭이 물었다.

─그런 생각을 갖고 계시는데도 완전한 거절 의사를 내보이지 않으신 걸 보면 절충안이 있으리라 생각합니다.

그 말을 기다리고 있던 지호가 대답했다.

"그렇습니다. 제 절충안은 워너 브라더스와 20세기 폭스의 콜라보입니다."

─네?

제럴드 프레더릭이 당황했다.

─다른 작품도 아니고, 워너 브라더스의 시리즈물이라면서 요? 워너 브라더스 작품에 20세기 폭스가 숟가락을 얹으라는 말씀이십니까?

아무리 이익에 따라 돌아가는 판이라고 해도 경쟁 상대 밑으로 들어가고 싶은 회사는 없었다. 말이 콜라보지 워너 브라더스의 시리즈물에서 나오는 이익을 나눠 먹는다는 건 20세기 폭스로서는 자존심이 상하는 일이었던 것이다.

그때 지호가 입을 열었다.

"두 곳이 합작을 한다면 상승효과도 두 배가 될 겁니다. 이 시리즈물의 1편은 제가 총괄 프로듀싱을 맡고 있습니다. 즉, 제 지휘 하에 두 영화사가 화합을 이루게 되겠죠. 시나리오를 보시고 이 제안을 수락해 주신다면, 워너 브라더스에게도 이야기를 해 보겠습니다. 제가 20세기 폭스 사의 작품을 만들게 되면 제작비를 분담해 달라고요."

말하는 내용은 맹랑했지만, 그는 충분한 자격이 있었다. 지금껏 단 한 번도 흥행에 실패한 경험이 없으며, 고작 이십 대 초반에 세계적인 영화제에서 상을 휩쓸다시피 했으니까. 지금껏 이토록 젊은 나이에 그만한 성과를 냈던 감독은 없었다.

─신 감독님은 영화사들의 미래를 짊어질 만큼 뛰어납니다. 감독님의 미래 가치는 우리가 사활을 걸 만하죠. 시나리오를 보내주시면 제대로 검토해 보고 보고하겠습니다. 지금 한국 촬영 일정이 얼마나 남으셨죠?

역시 제럴드 프레더릭은 지호의 동향을 대강 파악하고 있었다.

빙그레 웃은 지호가 대답했다.

"한 달 반 정도 남았습니다."

날짜를 계산하는 듯 일시적으로 조용해졌던 수화기 뒤편에서 제럴드 프레드릭의 목소리가 이어졌다.

―시나리오만 한 달 내로 보내 주신다면, 미국으로 돌아오실 때쯤엔 결과를 말씀드릴 수 있을 것 같습니다.

"감사합니다. 그럼, 그때 뵙겠습니다."

지호는 전화를 끊었다. 이제 중요한 건 시나리오의 원작이 될 작품이었다. 런던 퍼블리싱에서 보내준 도서들을 살펴봤지만 좀처럼 마땅한 작품이 보이지 않았다.

'눈알이 빠질 것 같네.'

지호는 근래 눈을 굉장히 혹사하고 있었다. 안 그래도 잠이 부족한 판국에 하루 종일 카메라 화면을 보고 있거나 깨알 같은 영어로 써진 책을 읽었다.

"에이. 젊어서 고생은 사서도 한다는데… 뭐든 때가 있는 법이지!"

그는 대수롭지 않게 치부하며 다시 책을 붙들었다. 시리즈물로 만들 만한 작품을 찾을 때까진 멈출 수 없었다. 아무도 지호를 기다려 주지 않기 때문이다. 기간은 한정되어 있었고, 기간 내에 목적을 달성해야 하는 건 자신이었다.

'그 대가로 어마어마한 예산과 권한을 부여받았으니까.'

영화에 필요하다면 말 한마디로 워너 브라더스의 전 직원을 부릴 수 있었다.

이 먼 곳에서 20세기 폭스를 들었다 놨다하기도 했다.

신화를 빗대자면 올림푸스 같은 할리우드가 지호의 입김에 들썩거리고 있는 것이다.

'착각하면 곤란해. 그들을 움직이는 것은 내 힘이 아니야.'

제작 예산 4,500억의 저력일 뿐이다. 그렇게 생각하자 들떴던 기분이 착 가라앉았다.

영화를 만들 때마다 느끼는 거지만, 돈 앞에 '제작비'라는 명목이 붙으면 현실감이 사라졌다. 마치 운전 중 속도감에 둔감해지는 것 같은 효과랄까? 하긴, 제작비를 돈으로 느끼면 카메라 높이조차 줄자로 재서 밀리미터 단위로 신경을 쓸 지도 모른다.

그러고 보면 참 위험한 직업이었다. 천문학적인 금액의 돈을 남에게 받아 영화를 만들고, 그 책임은 이름값으로 지게 된다.

'책임감이 지나치면 부담이 된다. 잘 조절해야 돼.'

적당한 긴장감을 유지한 채 너무 풀어지면 안 된다.

난독증이 생긴 것 같은 시야. 핑 도는 현기증에도 불구하고 꿋꿋이 책장을 넘겼다. 며칠째 수십 권을 들여다보고 있으니 책 속의 재미에 무감각해질 지경이었다.

"하… 뭔 놈의 책이."

지호는 저절로 탄식이 나왔다. 머릿속에 수백 명의 인물들과 스토리가 떠다니는 데도 뇌의 용량이 바닥나지 않는다는 것에 다시 한 번 놀랐다.

'재밌게 보자. 아무 생각 없이, 재미있게.'

육성으로 말했다면 어금니를 꽉 물었을 것이다. 작품의 재미를 분별하려면 초심으로 돌아가 즐겨야만 했다. 누군가에게는 취미일 뿐인 독서가 지호에게는 즐기면서도 필사적으로 매진해야만 하는 일인 것이다.

일주일이 금세 흘렀다. 촬영은 순풍을 타고 안정권에 들어선 지 오래였고, 여전히 워너 브라더스 시리즈물 선택에 고민하고 있었다.

그래도 전처럼 막막한 고민은 아니었다. 지호는 세 작품을 앞에 두고 갈등하고 있었다. 〈탑 매니지먼트〉, 〈나는 군주다〉, 〈마법의 노래〉.

갈등은 계속됐다. 세 작품 중 〈탑 매니지먼트〉가 가장 마음에 들었지만 현대물이라 적합하지 않고, 〈나는 군주다〉는 이미 눈독 들이는 곳이 많아 판권 경쟁을 벌여야 할 판이었다.

"음."

지호는 결국 〈마법의 노래〉를 택했다. 사실 〈마법의 노래〉는 출간된 지 꽤 시간이 지난 판타지 소설로, 이름값을 기대하기 힘들어 망설여지는 작품이었다.

'이런 대작이 왜 묻힌 거지?'

선뜻 이해가 가지 않았다. 〈마법의 노래〉는 굉장히 재미있어 영화로 만들고 싶은 욕심이 들 정도였다. 하지만 스케일이 너무 크다는 것 또한 사실이었다.

'이 정도면 일고여덟 편은 나오겠는데.'

지호는 두툼한 여덟 권의 소설책에 푹 빠져서 3일 만에 다 보았다. 심지어 촬영장에 가지고 가서 틈틈이 읽을 정도였다.

〈마법의 노래〉뿐만 아니라 지금 골라놓은 세 작품 모두 남은 뒷내용을 마저 읽는 것이 아깝다는 기분을 만끽하게 해주었다. 책이 질리고 물렸는데도 또 재밌는 책이 있다는 사실이 신기했다.

"이 방대한 분량을 어떻게 각색하지?"

지호는 손가락을 풀었다.

각색 작업만의 즐거움이 있다. 스토리를 새로 창작하는 고통은 피하는 동시에 자신이 흥미롭게 본 내용을 함축해서 영화로 재창조한다. 활자였던 소설이 머릿속에서 영상화되는 것이다.

'어디, 그럼 시작해 볼까.'

그는 캐릭터부터 정리를 했다. 오디션을 볼 때 기준이 될 캐릭터의 이미지를 머리에 그려 놓아야 하기 때문이다. 자신이 생각해 둔 이미지와 일치하거나, 그 이미지를 깨줄 만한 에너지를 가진 배우로 뽑을 생각이었다.

다음은 스토리 전체를 기승전결로 나누고, 권당 기승전결을 나누었다. 또 매 챕터별로 필요한 장면들을 밑줄 친 뒤 기록해 두었다.

지호는 자신이 만든 자료들을 모조리 섬광 기억으로 찍었다.

번쩍!

시야에 플래시가 터지며 자신이 보고 있던 장면이 머릿속으로 들어왔다.

구간을 정하고 포인트를 뽑았으니 남은 건 장면에 메시지를 담고, 장면들을 연계하고, 영상만의 장점들을 살릴 차례였다.

탁! 타타탁!

둥글게 말린 지호의 손이 노트북 키보드를 두드렸다. 몇 차례나 인공 눈물을 넣어가며 건조한 눈을 진정시켰다. 그러면서도 글자들은 계속해 빈 공간을 채워 나갔다.

긴 밤을 잊은 채 모니터에 빨려 들어갈 듯이 글을 써 내려가던 지호는 이번에도 아침에 되어서야 정신을 차렸다. 글에 집중을 하기 시작하면 부분 기억상실증이라도 걸린 듯이 글을 쓰던 순간들이 기억나지 않았다.

'머리가 재산인데, 이번 작품 끝나면 두피 마사지라도 한번 받아야겠어.'

지호는 싱거운 생각을 하며 스크롤을 내렸다. 자신이 쓸 때는 느끼지 못했는데, 벌써 굉장히 많은 분량이 지면을 채우고 있었다. 쭉 읽어보며 첨삭을 거쳐야 하겠지만, 이만하면 편집을 끝내도 초반 30분 정도의 분량은 나올 것이다.

밤새 영화 시나리오 한 편의 1/4을 작성한 그는 자신이 만든 결과에 뿌듯해하며 호텔 방을 나섰다.

* * *

유태일 감독의 영화 〈3.8〉의 촬영은 원래 예정됐던 계획대로 한 달 후 마쳤다.

지호는 그사이 완성된 시나리오를 워너 브라더스 담당자 토비 휴스턴과 20세기 폭스의 제럴드 프레더릭에게 보내두었다.

이쪽에서 〈3.8〉 편집 작업이 끝나는 대로 미국으로 돌아갈 생각입니다. 시나리오 읽어보시고 피드백 주시기 바랍니다. 다시 뵐 날만을 고대하고 있습니다.

메일이 잘 발송됐는지 확인한 그는 유태일의 방으로 건너

갔다.

똑똑.

지호가 노크를 하자 유태일이 문틈으로 신원을 확인했다. 그는 첩보 요원처럼 주변을 두리번거리며 농담을 했다.

"영화에 대한 내용은 국가 기밀이에요, 후후."

다시 한 번 지혜에게 차인 이유를 알 수 있었다. 황당해서 피식 웃은 지호가 대답했다.

"그냥 열어주세요, 선배님."

"흠, 알겠습니다."

유태일이 문을 열어주었다.

"분명히 흥미진진했는데……."

그는 자신의 저질 개그감에 묘한 확신이 있었다.

못 들은 척 소파에 앉은 지호가 노트북을 꺼내 탁자에 올렸다.

"그럼 시작해 볼까요?"

"정말 일밖에 모르는 사람이네요."

"선배님에 비하면 한참 부족합니다."

지호는 가볍게 응수했다.

지호도 그렇지만, 유태일 역시 업계에서 일벌레로 유명했다. 개봉한 상업 영화의 작품 수만 치면 지호보다 먼저 데뷔한 유태일이 앞섰다.

그는 어깨를 으쓱하며 겸손하게 대답했다.

"별말씀을. 그나저나 편집의 귀재란 소문을 들었는데…….
김기철과 지혜가 한 목소리로 칭찬을 하더군요. 빛의 속도로
편집을 하신다고."

"하하."

지호는 어색하게 웃었다. 다른 감독들에 비하면 빛의 속도
로 편집한다고 해도 과언이 아니었다. 섬광 기억은 그에게 타
의 추종을 불허하는 속도와 정확도를 안겨주었다.

"…그래도 편집은 선배님이 총괄하시는 부분이니, 전적으로
선배님 의견에 따르겠습니다."

"그래요."

빙그레 웃은 유태일이 맞은편에 앉아 노트북을 켰다.

"그럼 일단 씬별로 논의해 봅시다. 씬별로 정리된 파일들 보
이죠? 숫자로 명시해 뒀는데 알아볼 수 있겠어요?"

"아! 여기 있네요. 앞에 숫자가 씬 넘버고 뒤에 숫자가 테이
크 횟수죠?"

"역시 얘기가 쉽네요. 맞습니다. 제가 해당 숫자를 말하면
파일을 열어서 확인해 보세요. 그 상태로 해당 씬을 어떻게
편집할지 논의하면 될 것 같습니다."

유태일이 말하는 것은 사실 지호에게는 생략해도 되는 과
정이었다. 섬광 기억 덕분에 모든 씬을 기억하고 있는 지호였

으니까.

촬영 전에 쳤던 슬레이트에 씬 넘버와 테이크가 적혀 있으니 파일을 열어볼 필요도 없었다.

"선배님. 드릴 말씀이 있습니다."

지호가 손을 들며 운을 떼자, 유태일이 말했다.

"음? 얼마든지 하세요."

"실은 제가 기억력이 남달리 좋습니다. 기철이 형과 지혜 누나가 제 편집 능력을 높이 사주는 것도 이런 기억력 덕분이고요."

"기억력이 그렇게 좋다니… 부럽네요."

유태일은 대충 추임새를 넣었다. 지호가 평소 자랑을 즐기는 성격도 아니었기에, 왜 새삼스레 이런 이야기를 하는지 의도를 짐작하기 힘들었던 것이다.

그때 지호가 말을 이었다.

"네, 근데 좀 비정상적으로 좋아서 우리가 촬영한 장면을 모두 기억하고 있습니다. 이를테면 14씬 2테이크에 이도원 배우의 눈에 흙이 들어가서 NG가 났던 것까지."

그 말을 들은 유태일이 입을 쩍 벌렸다.

"허."

기가 막힌 기억력이었지만 한편으론 의문이 들었다. 아무리 그래도 그렇지, 수많은 씬들을 다 기억하고 있다고? 그것도 테이크별로?

두 귀로 듣고도 완전히 믿기 힘든 유태일이 솔직하게 물었다.

"기억력이 대단한 건 알겠습니다. 하지만 아무리 기억력이 좋아도 씬과 테이크를 전부 기억한다는 건 좀처럼 믿기 힘든 일이에요. 인간의 능력을 벗어난 것 같다고나 할까……."

망설이던 그는 진지한 얼굴로 물었다.

"확인시켜 줄 수 있습니까?"

"물론입니다."

지호는 망설임 없이 기억 속의 장면을 줄줄 읊었다.

"28씬 3테이크, 화면에 깊이감을 주기 위해 렌즈를 교체하고 촬영했습니다. B카메라를 잡은 스태프가 구도나 렌즈에 적응을 못해 미세하게 핀트가 어긋났습니다. 연기가 깔끔하게 나와서 킵하긴 했지만 아슬아슬하게 장면이 걸쳐서 편집으로 커버하기 힘들 겁니다."

지호는 마치 28씬 3테이크를 보면서 해설하듯 이야기했다. 그러자 궁금증이 치민 유태일이 28씬 3테이크를 확인했고, 지호의 말과 다를 것이 없음을 확인했다.

'본 직후에도 이렇게 완벽하게 기억하진 못할 텐데……'

그 순간 지호가 이어 말했다.

"63씬. 진흙이 굳어 총구가 막힌 걸 못 보고 촬영하는 바람에 NG가 났었습니다."

"미친……."

유태일은 저도 모르게 나지막이 욕을 뱉다가 입을 막았다.

"아, 죄송합니다. 욕하려던 건 아니고… 지금껏 누군가를 보면서 놀란 적이 많지만 오늘만큼 황당했던 적은 없었거든요. 도원이도 종종 말이 안 되는 연기를 보여주곤 하는데, 신 감독님은 동종 업계 종사자라 그런지 확 감정이입이 되네요."

잠시 생각하던 그가 덧붙여 물었다.

"정말 모든 테이크들을 다 기억하고 있다면 굳이 동영상을 보면서 이야기할 필요가 없겠네요. 신 감독님이 NG났던 장면을 찍어주면 제가 파일을 확인해 보고, 상의해서 진행하는 걸로 하죠."

"알겠습니다."

지호는 순순히 수긍했다. 편집을 더 빨리 할 수 있는 능력을 가졌다고 해서, 감각적인 면에서까지 자신이 더 뛰어날 거라고는 생각지 않았다. 분명 편집 과정에서 유태일만의 색깔이 묻어날 테고, 그건 누가 더 낫다 못하다 할 수 없는 부분이었다.

'선배님은 나보다 경험도 많을뿐더러, 최고 소리를 듣는 감독이다. 분명 내가 배울 점이 있을 거야.'

지호는 바짝 집중하고 배우는 마음으로 씬, 테이크 넘버를 불렀다.

그때마다 유태일은 영상을 확인하고 어떤 효과를 넣을지, 살리거나 잘라낼 부분이 뭔지 말해줬다.

아무래도 두 사람이 호흡을 맞추었기 때문에 평소보다 긴 시간이 걸렸다. 쓱쓱 넘어가는 씬이 있는가 하면, 한 씬을 두고 한 시간 동안 토론을 벌이기도 했다. 굉장한 에너지가 소모되는 작업이었지만 그만큼 즐겁기도 했다.

입이 마르고 목이 쉰 두 사람은 중간에 차를 한 잔 마시며 휴식을 가졌다.

"정말 흥분되네요. 영화에 대해 이렇게 다양한 이야기를 나누고 색다른 견해를 들은 건 처음입니다. 우린 공감하는 부분도, 다른 부분도 많은 것 같군요."

유태일의 말에 지호 역시 동의했다.

"그런 것 같습니다. 저도 너무 즐거워요. 다른 때완 달리 한 작품을 같이 작업하며 그에 대해 이야길 하니까 더 뜻깊고 즐거운 것 같습니다."

"하하, 맞아요."

고개를 주억거린 그가 말을 이었다.

"신 감독은 정말 말도 안 되는 재능들을 갖고 있습니다. 오늘의 기억력은 그중 최고로 놀라웠어요. 하지만 모든 능력들 중에 으뜸가는 건, 내가 봤을 때 가슴에 품은 열정입니다."

왜인지, 뭉클한 지호는 할 말을 잃었다.

"……"

보상받고자 열심히 시나리오를 쓰고 영화를 찍었던 게 아닌데도 불구하고 괜스레 뿌듯한 기분이었다.

그의 얼굴을 빤히 바라보던 유태일이 빙그레 미소 지었다.

"신 감독님과 작업하게 돼서 영광입니다. 작업에 들어가기 전에는 긴가민가했어요. 공동 연출은 저 또한 처음이었고, 대부분의 감독들이 꺼리는 일이었으니까요. 하지만 정말 잘한 판단이라고 생각합니다. 역시 뭐든 직접 해봐야 하는 건가 봐요."

"…저도 그렇게 생각합니다."

지호 또한 유태일 감독한테 배운 것들이 많았다. 그 어떤 촬영보다 더 힘들었지만 보람된 시간들이었다. 편집만 해도 유태일만의 감각을 보고 느꼈지 않은가? 디자이너들이 옷뿐만 아니라 다양한 예술품을 보러 다니는 것처럼, 지호 역시 전혀 다른 색깔을 가진 유태일을 보고 고스란히 받아들였다.

지호의 기억력도 기억력이지만, 그저 아무 생각 없이 보고 듣는 것만으로도 무의식 속에 학습을 한다는 것이야말로 인체의 신비였다.

유태일과 지호는 밤새도록 편집 작업을 했다. 상의 끝에 4시간 20분의 분량을 골라냈다.

유태일은 2차 편집에서 2~3시간의 분량을 만들고, 관계자 시사회를 거친 뒤 2시간 내외로 최종 편집을 할 예정이었다.

"신 감독 덕분에 손이 덜 가게 됐습니다."

"다행이네요."

대답하며 빙그레 웃은 지호가 이어 말했다.

"이제 촬영도 끝났는데 말씀 편히 해주세요."

"그럴까요? 아니, 그럴까? 하하하."

시원하게 웃은 유태일은 현관까지 마중을 나와 문을 열어 주었다. 지호가 방을 떠나기 전, 그가 물었다.

"출국 일정이 어떻게 돼?"

"마음 같아선 〈3.8〉이 개봉할 때까지 한국에 있고 싶은 데… 시리즈물 제작 일정이 빠듯해서 내일 새벽 비행기를 타야 될 것 같아요."

"신 감독만큼 바쁜 사람은 없을 거야. 무대 인사는 그렇다 치고, 뒤풀이도 못 오겠네. 다들 신 감독이 와주길 바라는 눈치던데."

"네. 아무래도… 일정을 맞추기 힘들 것 같아요."

지호가 미안한 얼굴로 대답하자 유태일도 더는 미련을 두지 않았다.

"그래, 그래. 뭐 어쩔 수 없지. 일복이 터진 것만큼 기쁜 일이 어디 있겠어?"

지금도 시나리오를 들고 충무로를 헤매는 신인 감독들이 부지기수였다. 그럴듯한 학벌과 괜찮은 실력을 가지고도 대부분이 메가폰을 잡지 못하고 있는 것이다. 이러한 상황을 감안하면 지호는 그야말로 행운아나 다름없었다.

고개를 끄덕인 지호가 동의했다.

"지금은 마음껏 일을 할 수 있어서 너무 행복합니다."

"그래. 그게 다 쌓여서 신 감독이 나중에 자신이 만든 영화들을 되돌아봤을 때, 그 무엇으로도 바꿀 수 없는 감동을 선사하겠지."

쑥스러울 수 있는 표현이었지만 유태일은 끝까지 진지한 어조를 지켰다. 겪어본 적 없는 사람은 죽었다 깨도 모르는 그 감정을, 두 사람은 공유하고 있었기 때문이다.

무슨 의미인지 말하지 않아도 아는 지호는 입가에 미소를 띠며 대답했다.

"지금 한 편이라도 더 만들고 싶어요. 아무리 오랜 세월이 흘러도 영화 속 시간은 멈춰 있잖아요."

배우들의 젊음, 지금 이 시대를 고스란히 담아내는 영화. 먼 훗날에도 기존 관객들은 영화를 보며 과거의 시절을 떠올릴 테고, 새로운 관객들은 자신이 없었던 시절의 모습을 엿보게 될 터였다. 영화란 단순히 감동과 재미를 주는 매체가 아니라 모든 면에서 시대의 간극을 이어주는 경이로운 예술인 것이다.

피식 웃은 유태일이 입을 열었다.

"그거 내가 대학 면접 볼 때 했던 대답인데. 아무튼, 그럼 내가 〈3.8〉 진행 사항은 따로 연락을 줄게. 어차피 원래부터 촬영은 신 감독이, 편집은 내가 맡기로 얘기했던 거니까 마음 쓸 것 없어."

"네, 연출부 팀원들에게도 잘 전해주세요."

지호는 고개를 꾸벅 숙여 인사를 한 뒤 자신의 방으로 돌아갔다.

정착하지 않고 방랑자처럼 떠도는 생활이 어느새 익숙했다. 촬영 때면 집에도 잘 들어가지 못하는 감독들이기에, 어느 정도 방랑벽이 있는 사람들이 대다수였다.

'가끔씩 외로운 건 어쩔 수 없지.'

지호는 탁자 위에 올려두었던 액자를 가방 안에 집어넣으며 생각했다.

어딜 가든 부적처럼 들고 다니는 가족사진이자, 낳아준 부모님과 길러준 부모님이 각각 앞, 뒷면을 차지하고 있는 양면 액자였다.

짐을 다 싼 그는 마지막으로 방을 둘러본 뒤 스탠드 불을 껐다.

＊　　　＊　　　＊

　지호는 다음 날 아침 일찍 헤이리로 갔다. 낮에는 서재현, 이지은과 시간을 보냈다. 그리고 저녁이 되자 수열이 학교에서 돌아왔다.

"저 밥 먹고 왔어요!"

　짧게 외친 그가 휑하니 방으로 들어가 버렸고, 서재현과 이지은은 이상한 점을 느끼지 못했다. 그러나 지호는 수열의 붉어진 뺨을 포착했다.

'손자국?'

　고개를 갸웃하며 뒤를 따른 그가 굳게 닫힌 수열의 방문을 노크했다.

　똑똑.

"저 옷 갈아입고 있어요."

　수열의 변명을 들은 지호가 대답했다.

"나야. 오랜만에 형 만났는데 인사도 안 해?"

"형, 미안… 잠시만. 조금 이따 나갈게!"

"이미 다 봤으니까 문 좀 열어봐."

　그 말에 수열이 잠잠해졌다.

　그리고 잠시 후, 방문이 살짝 열렸다.

문틈으로 얼굴을 내민 수열은 모자를 눌러쓰고 있었다. 그러나 그것만으로 뺨에 맺힌 손자국을 가릴 수는 없었다.

빤히 마주보던 지호가 물었다.

"일단 좀 들어가도 될까?"

"아, 응."

수열이 문을 열자 지호는 방에 들어가 의자에 앉았다.

문을 도로 잠근 수열도 침대 위에 앉았다.

어느 정도의 시간이 흐른 후, 대화할 분위기가 조성되자 지호가 입을 열었다.

"어렸을 때 이후 내가 계속 나가 있는 바람에 우리가 얘기할 기회가 많지 않았지?"

"그랬지."

수열이 우물쭈물 대답하자 지호가 물었다.

"그 얼굴, 어떻게 된 건지 말해줄 수 있어?"

"엄마, 아빠가 걱정하실까 봐 얘기하지 않은 것뿐이야. 정말 별거 아니야. 친구랑 살짝 다퉜어."

"그래?"

되물은 지호의 시선이 멍이 든 수열의 팔로 갔다.

"그럼 거기도?"

"아, 이건… 그냥 장난치다가."

"수열아. 나도 학교생활 해봤어. 내가 오버하는 것일 수도 있지만, 적어도 나한테만은 솔직하게 말해줬으면 한다. 그럼 의외로 쉽게 해결될지도 모르고. 내가 생각하는 문제가 맞아?"

잠시 망설이던 수열이 어렵사리 입을 열었다.

"맞아."

짧은 대답을 들은 지호는 가슴이 아팠다. 그러나 그는 내색하지 않고 침착하게 물었다.

"왜?"

"그냥. 내 잘못이었어."

"네 잘못?"

"응, 내가 형 자랑을 많이 했거든. 근데 그게 몇몇 애들의 마음에 들지 않았었나 봐."

거기까지만 들어도 지호는 대략 원인과 결과를 예상할 수 있었다. 수열의 친구들이 모두 성숙하다면 벌어지지 않았을 일이었다.

수열은 썩 괜찮은 외모를 갖고 있었지만 정작 자신을 꾸미는 데에 별 관심이 없었고, 딱히 특출한 점도 없었다. 연기를 좋아하고 열심히 하지만 잘하지는 못했다. 그에 반해 지호는 너무 뛰어났다. 착하고 눈치 없는 수열은 지호를 질투하기는커녕 자랑을 했고, 그런 부분이 누군가의 심기를 불편하게 만들었던 것이다.

상황을 유추하고 잠시 고민하던 지호가 물었다.

"내가 도와줄 일이 있을까?"

마음 같아선 수열에게 폭력을 행사한 친구들이 있는 학교로 찾아가고 싶었지만 그건 아무 도움이 되지 못했다.

같은 생각인지, 수열은 다른 방향의 의견을 내놓았다.

"솔직히… 학교에 다니기 싫어."

지호가 잠자코 응시하자, 수열은 눈을 붉히며 말을 이었다.

"공부는 끔찍이 싫고, 친구들을 대하는 것도 불편하고, 하루 종일 연기하고 싶은 생각뿐이야. 연기 학원 친구들은 열심히 하려는 애들이 많아서 나름 잘 지내지만 학교는 아니야. 돌아가며 연기를 하는 실기 수업 땐 다들 장난치기 바빠. 쉬는 시간에는 날 괴롭히기 바쁘고. 나는 그 애들 눈치를 보느라 수업 때도 마음껏 연기를 하지 못해. 내가 어떤 연기를 하던 조롱거리가 되니까. 정말 내가 그 애들보다도 연기를 못하는 걸까? 자괴감이 들어. 정말 미국에 있을 때가 좋았어. 천국 같았어."

어느새 수열은 엉엉 울고 있었다.

지호는 말없이 그를 안아주었다.

"네게 학교는 지옥이었겠구나."

마음이 아팠다.

한편 안겨 있는 수열 역시 얼굴을 지호의 어깨에 처박고 오열을 했다.

흐느끼는 소리를 듣던 지호도 울컥 눈물이 났다.

"몰라줘서 미안하다."

두 사람은 한참을 그렇게 울었다.

그리고 기분이 가라앉을 때쯤 지호가 입을 열었다.

"학교에 반드시 지금 있는 학교에 다녀야 한다는 전제를 붙이지 말고 생각해 보자. 네가 지금 당장의 괴롭힘을 벗어나기 위해 학교를 그만두는 건 네 손으로 미래를 망치는 일이야. 평생 누군가를 원망하게 될 테지. 하지만 나는 네가 그런 상처를 안고 살아가길 원치 않아. 차라리 전학을 가서, 지금의 경험을 밑바탕 삼아 즐거운 학교생활을 하는 방법도 있어. 넌 맞설 필요 없는 비정상적인 일을 겪고 있는 거니까 도망친다고 생각하진 마."

수열은 고개를 끄덕였다.

"응……."

그러나 여전히 불안해 보이는 얼굴로 말을 이었다.

"만약을 전학을 간다면 멀리 떨어진 예술고등학교로 가고 싶어. 지방으로 가지 않는 이상 연기 전공이 있는 학교에 다니는 애들은 대부분 서로를 알거든. 그럼 난 어디로 가든 똑같은 취급을 받을 거야. 그렇다고 인문계로 가는 것도 고민이 돼. 난 공부를 잘 못하고, 인문계에 가면 연기에 많은 시간을 투자하지 못하니까. 물론 뭘 어떻게 하던 엄마, 아빠의 허락을 받아야 한다는 불가능한 전제가 깔려 있지만…… . 부모님께 누가 될 수는 없어."

그러나 지호의 생각은 달랐다.

"먼저, 네가 사실을 말하는 건 전혀 부끄러운 게 아니야. 오히려 네가 처한 아픔을 모른 채 지내는 쪽이 부모 된 입장에서 더 고통스러운 일이 아닐까? 삼촌과 숙모는 어른이고, 이성적으로 대처하실 거야. 다시 말하지만 이건 삼촌이나 숙모에게 누가 될 일도, 부끄러운 일도 아니야. 누구에게든 일어날 수 있는 일일 뿐이지."

그는 말을 이었다.

"그리고 멀리 있는 학교로 전학을 가는 건 좋지 않다고 생각해. 차라리 네가 연기를 정말 사랑한다면 일단 다른 학교를 다니면서 극단 오디션을 보는 게 어때? 거긴 실전 무대야. 때로는 지금보다 더 큰 욕도 먹고 더 힘들 수도 있겠지만, 적어도 지금 같은 식으로 널 괴롭히진 않을 거야. 극단은 학교와 달리 일하는 곳이니까."

지호가 보기에 멀리 떨어진 학교로 가는 건 능사가 아니었다.

오히려 심적으로 외로움에 처해 상황이 악화될 수 있었다.

지역이 떨어져 있다고 해서 수열이 꿈꾸는 것처럼 정반대의 멋진 학교생활을 하게 될 확률은 극미했다.

그 점에 대해서는 수열도 어느 정도 동의했다.

"형 말이 맞아. 부끄러운 일도, 멀리 떠날 일도 아니야."

수열은 기운 빠진 웃음을 터뜨렸다.

"하하하. 나 왜 이렇게 바보 같지……. 형한테 이런 모습 보이고 싶지 않았는데."

"나한테 네 모습은 항상 똑같다."

빙그레 웃은 지호는 자리에서 일어났다.

"씻고 내려와서 밥 먹어. 일단 친구랑 다퉜다고 얘기하고… 준비가 되면 삼촌과 숙모한테 말해. 어차피 난 내일 새벽에 미국으로 가니까 너 혼자 얘기해야 될 거야. 새로운 보금자리에서 열심히 해서 실력에 자신이 생기면 언제든 날 보러 와. 배우로서."

수열은 방을 나가는 지호의 뒷모습에서 눈을 떼지 못했다. 그에게 형은 우상이었고, 든든한 버팀목이었다.

'고마워.'

그는 속으로 수십 번도 같은 인사를 했다.

한편 지호는 2층을 내려가며 마음이 복잡했다. 가슴에 무거운 돌덩이를 이고 미국에 가야 할 듯했다.

'너무 무관심했어.'

먼 타지에 떨어져 있었다는 핑계는 중요하지 않았다.

그동안 괴로움을 견뎠을 수열을 생각하면 자신의 일처럼 심란했다.

그리고 지호는 몇 시간 뒤, 미국으로 향하는 새벽 비행기를 탔다.

로스앤젤레스 공항에 도착한 지호는 마중 나와 있던 워너 브라더스 담당자인 토비 휴스턴을 만났다. 토비 휴스턴은 마치 영화배우처럼 빨간 스포츠카 앞에서 선글라스를 쓴 채 트렌치코트를 입고 있었다.

　"어서 오십시오, 신 감독님."

　"오랜만이네요, 휴스턴 씨."

　악수를 나누며 뒤편의 스포츠카를 발견한 지호가 나지막이 감탄했다.

　"차가 멋지네요."

"그런가요? 이번에 뽑은 새 차라서 성능도 괜찮습니다. 같이 타고 움직이시죠."

"하하, 그럼 실례하겠습니다."

지호는 냉큼 보조석에 올라탔다.

빙그레 웃은 토비 휴스턴이 운전대를 잡고 출발했다. 바람을 고스란히 쐬며 영화사로 가는 길, 그가 크게 외치며 말을 걸었다.

"그동안 20세기 폭스 측과 미팅을 가졌습니다!"

처음 듣는 이야기에 지호가 물었다.

"언제요? 서로 연락을 하신 건가요?"

"저희나 폭스 측이나, 양쪽 다 신 감독님을 통해 연락을 주고받던 상황이었으니까요! 감독님이 미국으로 오고 계시던 시간에 미팅이 진행됐습니다! 갑작스럽게 성사됐고요!"

"그래서 말씀이 없으셨던 거군요."

"문자 확인해 보시면 있을 겁니다! 기내에선 휴대폰을 꺼 놓으셨을 테니까요!"

지호는 그의 말대로 휴대폰을 켜서 문자 내역을 확인했다. 과연 토비 휴스턴과 제럴드 프레드릭에게서 문자가 도착해 있었다. 두 회사 간 미팅 내용이 적혀 있는 장문의 문자였다.

문자를 확인하는 지호를 힐끔거린 토비 휴스턴이 다시 외쳤다.

"그 안에 미팅 내용이 전부 들어 있으니 천천히 읽어보십시오! 도착하려면 좀 걸리니까요!"

경치나 구경하며 이동하려 했는데 잠시도 쉴 틈을 안 준다. 일벌레인 지호는 오히려 반갑게 대답했다.

"아주 자세히 나와 있네요! 다 읽어보고 대화 나누시죠!"

이후 그는 차분하게 문자를 읽었다.

워너 브라더스 영화사에 도착할 때까진 꽤 오랜 시간이 걸렸다. 거리가 먼 것도 먼 것이지만, 중간부터 길이 막혀서 더 오래 걸린 듯싶었다.

아무튼 지호에게는 미팅 내용을 분석할 충분한 시간이 주어진 셈이었다.

"흥미로운 결과네요. 두 곳이 이렇게 협력하게 될 줄은 몰랐습니다."

지호가 감탄하자 토비 휴스턴은 빙그레 웃었다.

"감독님뿐 아니라 그 누구도 예상하지 못했을 겁니다."

시동을 끈 그는 차 키를 뽑아 지호에게 건네며 덧붙였다.

"그리고 이건 워너 브라더스에서 드리는 감사의 표시입니다. 참, 혹시라도 부담스러워 하실 필요는 없습니다. 이번 영화에 투자하기로 되어 있는 자동차 회사에서 증정한 신차니까요."

"불편할 뻔했는데… 그렇다면 마음이 좀 편해지네요. 잘 타겠습니다."

지호는 도덕적인 부분을 굉장히 신경 쓰는 편이었지만, 이런 성의 표시까지 한사코 거절하는 타입은 아니었다.

토비 휴스턴은 그런 그가 썩 마음에 드는지 기분 좋게 웃었다.

"하하, 제가 괜한 걱정을 했군요. 그나저나 어서 들어가시죠. 손님들이 많이 오셨습니다."

"손님들이요?"

지호가 묻자 토비 휴스턴이 고개를 끄덕였다.

"설마 4억 달러짜리 프로젝트의 회의를 저랑 둘이 마주앉아 조촐하게 하실 생각은 아니셨겠죠?"

"그럴 줄 알았습니다만……."

"이번 영화와 관련된 모든 분들이 이곳에 와 계십니다. 그리고 얼마가 될지 모르는 꽤 긴 시간 동안 그분들과 즐거운 시간을 보내시게 될 겁니다. 지금까지 진행 사항에 대해 면밀히 검토하고 앞으로 어떻게 진행할지 세밀하게 논해야 하거든요. 감독님이 하실 일은… 수많은 질문들에 담담한 태도를 보이시는 겁니다."

전혀 예상치 못한 상황에 지호가 눈살을 찌푸렸다.

"전 아무런 준비도 되어 있지 않은데요."

"이제 막 로스앤젤레스에 도착했으니 당연한 일이지요. 해서 그 부분은 저희 측에서 준비했습니다."

"앞으로의 계획에 대해 저랑 이야기도 해보지 않고요?"

"그 부분은 문제없습니다. 어떤 것도 명확히 대답하지 않을 테니까요."

토비 휴스턴은 이런 상황이 지극히 당연하다는 듯 태연하게 말을 이었다.

"상대도 변수가 많다는 걸 알고 있고, 압박하려는 목적일 뿐입니다."

반면 지호로서는 상식적으로 납득이 가지 않는 소모전이었다. 왜 이런 쓸데없는 기 싸움에 시간 낭비를 한단 말인가?

"무의미하게 서로를 압박하는 이유가 뭐죠?"

"일부러 그러는 건 아닙니다. 현장은 감독님의 영역이지만 여긴 사업가들의 전쟁터지요. 그들의 목적은 단 하나, 자신의 이권입니다. 투자사들이 요구하는 부분이 각자 다르기 때문에 상충되는 부분이 생길 수밖에 없는 거고요."

그제야 지호는 이해가 갔다. 총괄 프로듀서 자체가 최후 결정권을 가진 사람이기 때문에 이 자리에 초대된 것뿐이다. 실상 이곳에서 자신은 들러리이고, 워너 브라더스 역시 조율하는 입장이었다.

정작 본격적인 요구 사항을 개진하고 타협해 나가야 할 사람들은 투자사 측 대표들인 것이다.

'말 그대로 지루한 시간이 되겠군.'

지호는 내심 납득하며 토비 휴스턴을 따라갔다. 곧이어 그 두 사람은 넓은 회의실에 도착했다. 웬만한 농구 코트 정도는 될 법한 크기였다.

그곳에는 이미 많은 투자자들이 도착해 있었다. 투자자와 영화사 관계자는 정장과 사복으로 양분되어 있어 쉽게 구분할 수 있었다.

회의의 총 책임자는 올해 초, 런던 지사 부사장에서 본사 부사장으로 발령이 난 잭 가필드였다. 〈투데이〉 작업 때 함께했던 그는 지호를 알아보고 짧게 목례를 했다.

지호 역시 고개를 살짝 숙여보였다.

'그래도 안면 있는 사람이 책임자라 다행이야.'

그러고 보면 지금껏 활발한 활동을 하면서 알게 된 사람들이 꽤 많았다. 다들 좋은 인상으로 매듭지었기에 언제 봐도 반가움을 표할 수 있는 관계가 되었다. 그는 새삼 앞으로도 떠난 자리가 아름다운 사람이 되어야겠다는 마음이 들었다.

어색한 분위기를 달래려 괜스레 자아 성찰을 하던 지호가 주위를 둘러보았다. 다른 사람들은 조금이라도 더 이권을 취하기 위해 고민하느라 굳은 표정이었다.

그리고 마침내, 잭 가필드가 마이크에 대고 입을 열었다.

"그럼 이제부터 회의를 시작하겠습니다. 먼저 소개하는 시간을 갖도록 하죠. 먼저 〈마법의 노래〉의 총책임자이자 사령탑이신 신지호 감독님입니다."

박수갈채가 쏟아지자 지호가 자리에서 일어났다.

이내 잭 가필드가 빙긋 웃으며 그를 소개했다.

"워너 브라더스 부사장이 아닌 함께 영화를 작업해 본 제작자로서 말씀을 드리면, 신 감독님은 최고의 파트너입니다. 오랜만이군요."

"반갑습니다."

머쓱하게 대답한 지호가 바턴을 이어받아 스스로를 소개했다.

"잭 가필드 부사장님이 멍석을 깔아주신 덕분에 부담을 덜었습니다. 전 〈마법의 노래〉의 각본과 총괄 프로듀서를 맡은 신지호 감독입니다. 반갑습니다."

다시 한 번 박수 소리가 들려왔다.

투자자들의 눈빛이 예사롭지 않았다. 그들 입장에서 봤을 때 아직 단 한 번도 흥행에 참패한 기록이 없는 지호는 황금알을 낳는 거위였다. 주식으로 치면 우량주인 셈이다. 그러니 지호 눈에 들어서 나쁠 것은 없었다.

그러한 의미가 내포된 시선을 받다 보니 지호는 피부가 따가울 지경이었다.

'마치 먹이를 바라보는 것 같네.'

물론 직접 이야기를 나누게 되면 혀에 기름을 두른 것처럼 매끄러운 언변으로 귀를 즐겁게 해주겠지만, 적어도 지금 당장은 자신을 관찰하는 듯한 느낌이 들었다.

한편 그를 보던 토비 휴스턴이 나지막이 속삭였다.

"아직 경험이 부족하셔서 꽤나 걱정했었는데, 전혀 떨지 않으시는군요. 잘하고 계십니다. 역시 쟁쟁한 배우들을 다루는 감독의 자질은 타고나는가 봅니다."

틀린 말은 아니었다. 감독은 때때로 기가 센 배우들을 어린 애 다루듯 해야 하기 때문이다.

그 정도 카리스마도 없다면 각자 다른 영역을 전공한 사람들이 모인 팀을 이끌기란 힘들었다. 자신의 분야에서 최고의 실력을 가진 팀이라면 더더욱.

"다들 풍기는 분위기가 예사롭지 않네요. 촉각을 곤두세우고 있는 게 보여요."

오가는 대화를 들으며 지호는 많은 것들을 깨달았다. 투자자들은 심지어 영화 자체에 자사 간판이 노출되는 횟수까지 고민했고, 요구했다. 영화의 재미를 판단해 주는 건 이 자리에 있는 사람들이 아닌, 투자사의 투자가치 평가 담당자였기 때문이다. 그들은 마케팅을 위해 존재하는 사람들답게 영화 내용이나 재미는 일절 배제한 채 광고비와 투자금, 광고의 비중만을 고려했다.

'이러니 내가 할 말이 없지.'

토비 휴스턴이 했던 말의 의미를 제대로 체감할 수 있었다.

장장 여덟 시간 동안 지호는 경청만 했다.

투자자들이 조율을 마치고 돌아간 뒤, 잭 가필드가 남아 있던 지호에게 말했다.

"죄송합니다. 너무 고된 하루였죠?"

"아닙니다. 이 자리에 저를 초대해 주시지 않으셨다면 오히려 서운했을 텐데요. 아직 제가 잘 모르는 영화 산업의 이면을 본 것 같은 기분입니다."

"긍정적이라서 좋군요."

빙그레 웃은 잭 가필드가 몸을 일으켰다.

"일단 나가면서 말씀 나누시죠."

"아, 네."

두 사람은 나란히 걸으며 대화를 나눴다.

"일단 저희 워너 브라더스에선 신 감독님과 스태프 분들의 숙식에 최고의 대우를 제공할 겁니다. 그래도 부족한 부분은 언제든 요청하시면 해결해 드리겠습니다. 그 외에 궁금한 점은 모두 토비 휴스턴 씨에게 물어보시면 됩니다."

"감사합니다."

"앞으로 업무 내용에 대한 이야기는 분야별로 담당자들과 이야기를 나누시면 됩니다. 로케이션 헌팅이나 캐스팅 관련 내용들은 제작팀과, 영화 홍보나 상영관 확보 같은 후반 작업은 배급팀과 상의하시는 식으로요. 당분간 워너 브라더스 본사의 모든 팀이 〈마법의 노래〉에 집중하게 될 겁니다."

이미 짐작하고 있던 내용이지만 부사장의 입에서 들으니 또 감회가 새로웠다.

지호는 공손하게 대답했다.

"여러모로 신경 써 주셔서 감사합니다."

"저야말로 워너 브라더스를 대표해 감사드립니다. 신 감독님께서 워너 브라더스의 시리즈물을 맡아주셔서 기쁩니다. 기대보다 더 훌륭한 각본도 감명 깊게 봤고요. 어디서 그런 작품을 찾아내셨는지 궁금하군요. 선약이 없으시면 함께 식사하면서 이야기 들려주시죠."

"좋습니다."

지호가 엉겁결에 대답할 정도로, 잭 가필드는 사려 깊고 능수능란했다.

그날 즐거운 분위기 속에서 잭 가필드와 저녁 식사를 하고 맥주까지 마신 지호는 호텔 방에 도착해 침대에 빨려 들어가듯 곯아떨어졌다. 모처럼 깊은 잠에 빠진 그는 묘한 악몽을 꾸었다.

앞이 보이지 않을 정도로 안개가 자욱한 가운데 저 멀리

한 줄기 빛이 보였다. 지호는 안개를 헤치며 빛에 다가갔다. 중간에 늪이 있어 다리가 빠지고, 악어가 아가리를 벌리며 위협했다. 구르고 넘어지며 간신히 안개를 벗어난 지호가 손을 뻗었다. 유일한 빛을 잡으려는 순간, 그 빛마저 꺼지며 암전이 찾아왔다.

"헉!"

벌떡 일어난 지호는 차갑게 식은땀을 닦았다. 꿈의 영향인지 눈앞이 침침했다. 각본 작업을 할 때부터 무리한 독서와 집필로 겪어왔던 증상이기에, 그는 습관처럼 인공 눈물을 넣고 눈을 감았다 떴다.

그러자 다시 시야가 맑게 개었다.

"별 개꿈을……."

중얼거린 지호는 샤워를 하러 들어갔다.

4,500억짜리 초대형 프로젝트 〈마법의 노래〉의 제작 첫날이었다.

지호는 워너 브라더스 측에서 마련해 준 제작 사무실로 출근했다. 부사장 잭 가필드가 장담한 대로 숙소나 사무실은 최고의 시설을 자랑했다.

지금까지 오피스텔을 빌려 제작 사무실로 써왔던 그로서는 새로운 경험이었다. 대부분 어느 곳에 소속되어 있지 않은 감독들은 지호처럼 실용적인 오피스텔에서 작업에 착수하게 마련이다. 투자금으로 확보한 예산을 아끼려면 그게 가장 효율적이었던 것이다.

'이거야 원.'

그런데 워너 브라더스는 사무실 한 층을 비워주었다.

사내 라운딩을 맡은 토비 휴스턴이 이 부분에 대해 설명했다.

"부사장님께서도 말씀을 하셨겠지만 저희는 〈마법의 노래〉에 총력전을 기울이기로 했습니다. 총괄 프로듀서인 감독님과, 각 팀과의 원활한 커뮤니케이션을 위해 사내에 자리를 마련한 거고요. 이 부분이 감독님이 작업하시는 데에 조금이라도 수고를 덜어드렸으면 합니다."

지호는 뭉클할 정도로 기뻤다.

"너무 적극적으로 지원해 주셔서 몸 둘 바를 모르겠네요. 감사합니다."

"우린 운명 공동체 아닙니까?"

토비 휴스턴이 시익 웃으며 말했다.

그에 지호가 고개를 끄덕였다.

"물론입니다. 이번 영화를 성공으로 이끌 수 있도록 최선을 다하겠습니다."

"하하, 부탁드립니다."

흐뭇한 표정을 지은 토비 휴스턴이 이만 작별을 고했다.

"그럼 전 방해하지 않고 이만 물러가 보겠습니다. 바로 위층이 제 사무실이니 필요하신 게 있으시면 언제든 지체하지 말고 불러주십시오."

"지금 좀 도움을 받아야 될 것 같습니다. 괜찮으시면 회의실로 가실까요?"

자신의 자리를 정리하지도 않은 상태에서 회의실부터 가자는 지호의 행동에 토비 휴스턴은 피식 웃었다.

"역시 워커홀릭(Workaholic)이시군요. 한 숨 돌릴 틈도 없이……."

말은 그렇게 하면서도 그는 썩 만족스러운 얼굴로 지호를 따랐다. 회의실에서 토비 휴스턴을 보며 먼저 입을 연 것은 지호였다.

"협회에 등록되어 있는 스태프들의 명단이 필요합니다. 현재 작품을 진행하고 있지 않으며, 최고의 실력을 가진 구성원들로요."

토비 휴스턴은 바로 메모하며 대답했다.

"찾기 쉽진 않겠지만, 오늘 내로 모두 정리해서 올리겠습니다. 스태프들의 필모그래피에 있는 영화 장르는 관계없나요?"

"네. 중요한 건 개개인의 실력들이 맞물려 만드는 팀원들 간의 하모니이지, 어떤 작품을 만들어왔는지는 중요치 않습니

다. 그렇게 치면 저도 〈마법의 노래〉 같은 판타지 블럭버스터
는 처음인걸요."

"음, 알겠습니다. 다음은요?"

"네, 다음은 캐스팅할 배우 명단이겠죠. 비공개 오디션으로
진행할 생각이고, 최고의 배우들과 작업할 생각입니다."

당연한 이야기였다. 그러려고 막대한 예산을 지원받은 거니
까. 잠시 생각하던 지호가 덧붙여 말했다.

"일단 할리우드 최상의 라인업을 뽑아주세요. 전 캐스팅 전
담팀을 꾸려서 브로드웨이나 드라마 쪽을 알아보겠습니다."

"그렇게 하겠습니다. 그리고요?"

"음… 일단은 그 정도만 이번 주 내로 진행해 주세요. 장소
섭외나 결정 같은 부분은 스토리보드가 나오면 다시 상의하
시죠."

"알겠습니다."

고개를 주억거린 토비 휴스턴이 말을 이었다.

"미리 보내주신 각본은 이미 의뢰해 놨습니다. 지금쯤 열심
히 스토리보드로 그리고 있을 테니 이번 주 내로 초판이 나
올 겁니다. 그걸 보시고 생각과 다른 부분만 체크해서 감독님
께서 원하는 방향으로 수정을 요청하시면 될 것 같습니다."

"일의 진행이 빨라서 좋네요. 그렇게 하겠습니다."

회의를 마친 두 사람은 각자 자리로 흩어졌다.

토비 휴스턴은 위층으로 올라갔고, 지호는 사무실 가장 안쪽에 이그제큐티브 프로듀서(Executive Producer)라고 적혀 있는 자리로 갔다.

자리를 구석구석 청소하고 짐을 정리한 후 컴퓨터와 노트북을 연결했다. 지저분한 선들을 케이블 타이와 집게로 동여매고 중요한 일정은 메모해서 한쪽 벽의 상황판에 붙였다.

본격적인 제작을 위한 준비 과정이 끝나자 어느새 점심시간이 되어 있었다. 그리고 머지않아 잭 가필드에게 호출이 왔고, 함께 식사를 하게 됐다.

워너 브라더스 본사 건너편 패밀리 레스토랑에 마주앉자 잭 가필드가 물었다.

"사무실은 마음에 드십니까?"

"물론입니다. 너무 호사를 누리는 것이 아닌지 걱정될 정도입니다."

"하하, 다행입니다. 감독님은 부담 없이 편하게 작업해 주세요. 걱정은 우리 같은 사업가들의 몫입니다."

그는 큰 예산으로 작업해 본 경험이 없는 지호를 은근히 걱정하고 있었다. 아직 제작에 들어가지 않은 지금에선 지호의 경험 부족이 유일한 불안 요소였다. 그리고 실제로 소규모 예산의 작품을 연달아 성공시키던 감독들도 큰 규모의 작품에 들어가면 한 번씩 말아먹는 경우가 비일비재했다. 은연중에 부담을 갖고 영화를 만들기 때문이다.

잭 가필드는 머쓱하게 말을 이었다.

"이건 농담 삼아 하는 이야기지만, 가끔 꼭 예산을 다 써야만 한다는 의무감을 가지는 분들도 있습니다. 누군지 말은 못 하지만 간단한 사고 장면으로 예정돼 있던 씬을 사고 차량이 공중을 날고 주변의 고급 승용차가 스무 대쯤 불타는 씬으로 바꿔버린 감독도 봤습니다. 이건 나쁜 예고, 예산에 대한 감독의 집착이 도움 됐던 경우는 그 전까지 CG로 예정돼 있던 배 폭파 장면을 실제 선박을 구매해 폭파시킨 거였습니다."

"하하하, 재밌는 일화네요. 그 배 폭파 장면은 저도 무슨 영화인지 알 것 같습니다."

지호가 웃음을 터뜨리자 잭 가필드는 자신이 말하고도 웃긴지 얼굴이 붉어지도록 낄낄거리며 답했다.

"아마 그럴 겁니다. 흥행했으니까요."

그때 웨이트리스가 주문서를 들고 다가왔다.

"어머! 오늘도 같은 메뉴로 드릴까요?"

"당연하죠, 린다."

친근하게 말한 그는 지호에게 윙크를 하며 덧붙였다.

"제 단골 식당이죠. 대중적인 메뉴를 추천합니다."

안 그래도 잭 가필드는 팬케이크를 주문한 상태였다.

지호는 베이컨과 소시지, 계란이 한 접시에 들어가 있는 메뉴를 주문했다.

"오랜만에 맛보는 현지 음식입니다."

"흔한 메뉴지만 아마 입에 맞을 겁니다."

대답한 잭 가필드가 부드러운 목소리로 물 흐르듯 화제를 전환했다.

"〈마법의 노래〉는 대표 시리즈물이 될 예정이기 때문에 저도 관심을 갖고 지켜보고 있습니다. 아까 휴스턴 씨와 이야기를 나누다 보니, 협회에 등록된 스태프 명단을 요청하셨다고 하더군요."

"그렇습니다."

"왜 지금까지 함께 작업했던 스태프들을 불러들이지 않고요? 그래도 손발을 맞춰본 동료들이 낫지 않겠습니까? 모든 권한은 신 감독님께 있는데요."

"물론 저도 함께 작업해 본 경험이 있는 사람들과 다시 작업하고 싶습니다. 하지만 최고의 성과를 내기 위해선 스태프들의 작업 스타일이 같은 방향을 보고 있어야 한다고 생각합니다. 그런 이상적인 조합을 만들기 위해선 최대한 많은 사람들을 접해봐야 한다고 생각하고요."

"말만 들어도 알 것 같습니다. 굉장히 길고 험난한 여정이 되겠군요."

"지금까지도 그래왔지만, 이 작품 역시 할 수 있는 최대한 신중을 기할 생각입니다."

지호의 확고한 어조를 접한 잭 가필드는 조금 안심이 되었다. 들떠 있지 않고 한결같이 차분한 모습이 그에게 믿음직스럽게 보인 것이다.

'사람을 잘 봤어.'

생각한 잭 가필드가 미소와 함께 덧붙였다.

"신 감독님과 마주 앉아 작품에 관한 대화를 나눌 수 있다니 너무나 즐겁군요. 관객들을 놀래줄 생각에 벌써부터 가슴이 뜁니다."

"저도 마찬가집니다."

지호는 내색하지 않고 있었지만 마음만은 하늘에 붕 뜬 기분이었다. 대화를 나누고 식사를 하는 와중에도 워너 브라더스의 인력을 어떻게 활용할지, 앞으로 어떤 식으로 계획을 진행하는 편이 효율적일지 끊임없이 고민을 하고 있었다.

'당분간 또 편히 자기는 틀렸네.'

막상 모든 준비가 끝나고 프로덕션에 들어가게 되면 매일 곯아떨어지겠지만, 준비가 끝나기 전까진 머리가 복잡하고, 스트레스도 만만찮을 것이다. 하지만 이 모든 과정을 매번 반복하고, 질리지도 않고 다시 반복할 수 있는 건 프로덕션에 대한 희망 때문이다. 이어서 프로덕션이 시작되고 닥쳐오는 역경들을 무사히 이겨낼 수 있게 해주는 원동력은 힘들게 완성한 영화가 세상 빛을 볼 때의 환희였다.

이 고생스러운 일이 왜 이렇게 기쁜지 모르겠다. 가시밭길을 걸을 생각을 하는데 끊임없이 즐거움이 샘솟는다.

'만들어도, 만들어도, 할 이야기가 넘쳐.'

장르와 스토리는 한계 없이 무궁무진했다. 매번 제작 환경이 바뀌고 현장에선 새로운 일들이 벌어진다. 그러니 영화는 평생을 만들어도 질리지 않는 것이다. 실제로 감독들 대부분이 죽을 때까지 영화를 만들었다.

'내 삶과 영혼의 발자국을 영화로 새길 수 있다는 건 너무나 아름다운 일이야.'

지호의 생각에 이는 억만금으로도 살 수 없는 경이로운 일이었다. 억만장자들이 꿈꾼다는 영생을 이루는 기분이랄까. 그는 불쑥 자신이 가진 재능과 재주에 감사한 마음이 들었다.

그 마음이 전해졌을까? 식사를 하는 내내 조용히 사색에 잠겨 있는 지호를 관찰하던 잭 가필드는 묘한 기분이 들었다. 자신이 봐왔던 거장들에게서나 풍기던 분위기를 가진 청년이라니.

"제가 인복이 많아 이 자리에 있게 된 사람입니다. 그런데 이번에도 행운의 여신이 제 손을 들어주는 것 같군요."

그릇을 깨끗이 비운 잭 가필드는 팁을 두고 몸을 일으켰다.

"사무실로 가십니까?"

그 물음에 지호는 고개를 저었다.

"아직 확정된 건 아니지만 낮에는 〈마법의 노래〉의 원작자 분을 만나 각본에 대한 피드백을 받고, 저녁에는 브로드웨이 에서 공연을 볼 계획입니다."

"첫날부터 바쁘시군요. 그럼 여기서 헤어지죠."

"네, 내일 뵙겠습니다."

인사를 나눈 두 사람은 식당을 나와 각자 갈 길을 떠났다.

이내 지호는 런던퍼블리싱 출판사의 닐 대니에게 전화를 걸 었다.

—여보세요? 아, 감독님!

"잘 지내시죠?"

—덕분에 바쁘게 지내고 있습니다. 하하. 절판되었던 〈마법 의 노래〉의 재출판을 준비 중이거든요. 영화를 만들기도 전 에 이미 출판사에 문의가 쏟아지고 있습니다.

"듣던 중 반가운 말씀이네요. 하지만 우리가 미리 계약한 대로 영화가 나오기 전에 책이 출판되면 곤란합니다. 알고 계 시죠?"

—물론입니다. 저희도 그 편이 관심 집중도를 높이기 좋습 니다. 그런데 이 시간에 무슨 일로……?

"서면으로나마 연락을 주고받았던 〈마법의 노래〉의 작가님 을 직접 한번 찾아뵈려 합니다. 지금 로스앤젤레스에 계시다고 알고 있습니다."

　─그건 어떻게 아셨습니까?

　"SNS를 참고했죠."

　대답을 들은 닐 대니가 허탈한 웃음을 터트렸다.

　─하긴. 작가님 SNS에 대략적인 거주 지역이 나와 있었군요! 그럼 제가 연락처를 드리면 될까요? 안 그래도 작가님께서 신 감독님을 꼭 좀 만나고 싶어 하셨습니다.

　"저도 동감입니다. 연락처를 알려주시면 직접 한번 연락해 보겠습니다."

　─어디 보자… 여기 있네요!

　닐 대니는 원작자의 연락처를 불러주었고, 지호는 수첩을 꺼내어 받아 적었다. 일정이 정확히 나와 있지 않은 상황이었기에 미리 약속을 잡진 못했지만, 그럼에도 가장 먼저 원작자를 찾는 것은 작품에 그의 의견이 꼭 필요했기 때문이다.

　'분명 완성도에 핵심적인 영향을 끼치는 대목이 나올 거야.'

　지호는 설레는 마음을 가진 채 해당 번호로 전화를 걸었다.

　원작자 에디스 딜런은 생각보다 가까운 곳에서 지내고 있었다.

　지호는 한 시간 뒤, 그를 만날 수 있었다.

　"흔쾌히 응해주셔서 감사합니다."

카우보이모자를 쓰고 있는 에디스 딜런은 빙그레 웃으며
악수를 청했다.

"에디스 딜런일세. 딜런이라고 부르게."

"네. 딜런 씨."

악수를 나눈 뒤 에디스 딜런이 물었다.

"커피 좋아하나? 예술을 하는 사람에게 커피와 담배는 빼
놓을 수 없는 유혹이지. 하나는 정신을 각성시켜 주고, 나머
지 하나는 어디서든 골똘히 생각에 잠길 수 있도록 도와주니
까."

"그래서 다들 커피와 담배를 좋아하죠."

가볍게 미소 지은 지호가 덧붙였다.

"전 즐기지 않지만요. 카페인, 니코틴, 알코올처럼 제 뇌세포
를 마음대로 들락거리는 내용물을 가진 식품은 선호하지 않
습니다."

"흠… 아깝구먼. 얼마 전 쿠바산 시가와 케냐 커피를 선물
로 받았는데 말이야."

"피우셔도 됩니다. 마음은 함께 즐기겠습니다."

에디스 딜런은 고개를 저었다.

"아닐세. 내가 기억력이 제법 좋은 편인데, 그러고 보니 자
네 영화에는 술과 담배, 커피가 나오지 않는군."

지호는 내심 조금 놀랐다. 자신도 미처 느끼지 못하고 있던

사실을 그가 이야기한 것이다.

에디스 딜런은 지호의 놀란 표정을 보며 말을 이었다.

"나도 영화를 즐기는 편이네. 내 작품을 영화화한다는 이야기 듣고 자네 영화는 다 챙겨보았지. 영화를 모두 보고, 뭐를 느꼈는지 아나?"

"글쎄요."

"이 감독의 영화가 더 있었으면 좋겠다. 완전 내 취향이군. 그런데 내가 상상했던 그림을 그려줄 수 있을까? 색깔이 너무 다른데."

칭찬인지 욕인지 애매모호한 대답이었지만 지호는 당황하지 않았다. 그 자신도 똑같이 생각하고 있었으니까.

"일단 제 작품을 즐겁게 보셨다니 기쁩니다. 그리고 이번 작품과 저의 궁합에 대한 견해에는 동감합니다. 저도 〈마법의 노래〉를 처음 접하고 그런 생각을 했으니까요."

"그런데 굳이 내 작품을 선택한 이유가 뭔가?"

"읽으면서 도전하고 싶다는 마음이 솟구쳤습니다. 작가님 소설 속에는 전쟁, 액션, 모험, 멜로 등 모든 장르가 녹아 있죠. 소설 한 편에 모든 장르가 들어 있다면 영화에도 이 모든 장르를 녹여야 하지 않겠습니까? 책을 읽었을 때와 같은 감동과 울림을 영화에서도 느낄 수 있어야 하지 않을까요?"

"〈마법의 노래〉는 대서사시일세."

에디스 딜런은 날카로운 눈빛으로 물었다.

"영화를 폄하하는 건 아니지만, 소설과 달리 한계성이 있는 것만은 사실이지. 책은 상상력만 있으면 뭐든 가능하지만 영화는 그 상상력을 수행할 사람들과 장소, 자금과 기술력이 있어야 하지 않나. 그런데 길어봐야 두세 시간짜리 영화에 모든 걸 담아낼 수 있겠나? 영화의 한계성을 허물고 광활한 상상을 재현할 수 있겠냐고 묻는 걸세."

그에 지호가 침착하게 대답했다.

"〈마법의 노래〉는 일곱 편 분량의 시리즈물로 기획했기 때문에 총 열다섯 시간 정도로 생각하고 있습니다. 매년 영화를 만들어 선보인다 해도 마지막 편까지 칠 년이 걸리는 거죠. 애초에 책의 권수와 같은 일곱 편 분량의 시리즈물로 만들자고 제안한 것은 책의 느낌을 반드시 살리고자 하는 제 의지입니다."

그 말을 들은 에디스 딜런이 고개를 끄덕였다.

"지금처럼 작품만 생각해 주게. 〈마법의 노래〉는 내 인생 전부이자 내 자식과도 같은 작품이야. 그래서 이걸 영화화한다는 말을 들었을 때, 수락할 수밖에 없었지. 세상 빛을 보게 해주고 싶었으니까. 반면에 이 세계관과 느낌을 고스란히 살려줄 사람이 어디 있을까 하는 불안감도 들었네. 만약 자네가 〈마법의 노래〉의 내용을 고스란히 담아내는 데에 성공한다면,

자네는 내 평생의 은인일 게야. 그래서 한번 만나보고 싶어 했던 걸세."

애정이 듬뿍 묻어나는 말투였다.

지호 역시 그에 상응하는 확고한 어조로 답했다.

"단 한 편도 허투루 만들지 않겠습니다. 워너 브라더스나 여러 투자사들에서도 어느 때보다 적극적인 지원을 해주고 있으니 너무 걱정 마십시오."

"알겠네, 자네만 믿지. 그리고……."

말끝을 흐린 그는 거실에 놓인 서랍장에서 두툼한 이면지 묶음을 꺼냈다.

"이건 내가 〈마법의 노래〉 집필 당시 생각이나 계획들을 기록해 뒀던 걸세. 나만 알아볼 수 있을 만큼 지저분한 데다, 별 중요한 내용은 없겠지만 그래도 도움이 되었으면 해서……. 만약 필요하다면 자네에게 넘기겠네."

"당연한 말씀이십니다. 대단히 큰 도움이 될 거예요."

지호의 대답을 듣고 화색을 띤 에디스 딜런이 들고 있던 이면지 묶음을 넘겼다.

그 안에는 정말로 읽기 힘든 글씨들이 가득 적혀 있었으나, 집중해서 보면 구분할 정도는 됐다.

'대단해.'

단 몇 줄을 읽었을 뿐인데도 벌써 놀라웠다. 집필하는 동안 그날그날 있었던 일들과 느꼈던 감흥을 일기처럼 자유롭게 적어낸 내용이었는데, 그 몇 줄만으로도 작가가 얼마나 작품 세계에 빠져서 집필을 했는지 알 수 있었다. 정말 〈마법의 노래〉 속 세계를 모험하는 사람이 쓴 일기 같다는 느낌이 물씬 풍겼던 것이다.

에디스 딜런은 집필하는 내내 〈마법의 노래〉의 주인공들을 곁에서 지켜보고, 그들의 이야기를 듣고 고스란히 받아 적듯이 대사를 썼던 게 분명했다.

"작품에 도움 되는 건 물론이고, 제가 글을 쓰는 데에도 큰 도움이 될 것 같습니다."

그 말을 들은 에디스 딜런은 흡족한 표정으로 대답했다.

"다행이군. 보답은 좋은 영화를 만드는 것으로 해주게. 내가 평생을 꿈꾸고 만들어온 세계가 생명을 얻고 살아난다니… 꿈만 같구먼."

*　　　　*　　　　*

에디스 딜런의 집에서 좀 더 대화를 나눈 지호는 해질녘 브로드웨이로 갔다. 마침 브로드웨이에선 가장 큰 규모의 네 개 극장이 연합해 '셰익스피어 4대 비극'이라는 이름으로 공연을 진행하고 있었다.

〈햄릿〉, 〈오셀로〉, 〈맥베스〉, 〈리어왕〉.

모두 지호가 찾던 중세를 배경으로 한 연극이었다.

'미리 오디션을 보는 기분이겠는 걸.'

안 그래도 그는 배우들을 관찰하기 위해 최대한 앞자리로 예약을 해둔 상태였다.

오늘, 내일은 〈햄릿〉과 〈오셀로〉. 모래, 글피는 〈맥베스〉와 〈리어왕〉. 이런 식으로 예약을 잡았다. 격일로 다른 배우들이 같은 배역에 출연하기 때문이다.

'여기서 한 명이라도 건질 수 있었으면……'

지호는 간절히 바랐다.

브로드웨이에서 대극장용 연극을 하는 주조연급 연극배우라면 세계 최고다.

웬만한 영화배우들은 그들 앞에서 연기로 명함도 못 내미는 게 사실이다. 오죽하면 무대 연기를 하던 연극배우들은 카메라 연기에 적응만 하면 수월하게 연기하지만, 카메라 앞에서만 연기하던 영화배우들은 무대 연기에 쉽게 적응하지 못한다는 것이 정설이라고 언급될 정도였다. 그러나 막상 캐스팅은 연기력과는 또 별개였다.

'관객을 압도하는 화면 장악력.'

그게 필요했다.

외모나 목소리, 실력을 떠나 영화배우의 분위기를 가지고 있어야 하는 것이다. 그 때문에 멋진 무대 연기는 훌륭한 실력을 요구하지만, 영화배우는 타고난다고들 한다.

이런저런 생각을 하며 티켓을 제시한 지호는 이내 극장 안으로 들어섰다. 좌석을 찾아 앉은 그가 잠자코 기다리자 머지 않아 만석이 되었다.

'이 큰 극장이 가득 차다니… 엄청난 인기야.'

잠시 후 안내 방송이 나오고 무대의 막이 올랐다.

그러자 배우 한 명이 나타나 연기하듯 관객들에게 주의 사항을 다시금 설명을 해주었다.

배우의 재치 있는 말재간에 떠들썩한 웃음소리가 객석을 한차례 휩쓸고 지나갔다.

"…햄릿을 맥도날드 신메뉴 이름인 줄 아는 분은 안 계실 테니, 모쪼록 지금까지 보고 듣고 알고 계셨던 〈햄릿〉과는 또 다른 〈햄릿〉을 보여 드리겠습니다."

이내 모든 조명이 소등되고, 무대에만 불이 들어왔다. 그땐 이미 배우들이 위치한 상태였다. 그리고 〈햄릿〉의 본격적인 공연이 시작됐다.

공연을 보는 동안, 지호는 현기증이 날 정도로 집중했다.

눈도 깜빡이지 않고 몰입해 호흡마저 배우들과 함께하고 있었다.

배우들이 거친 호흡을 내뱉으며 분노하거나 슬피 울 때도,

호탕하게 웃는 순간에도 지호는 그들과 함께 호흡하며 가슴이 뜀을 느꼈다.

'연기는 다들 명불허전이야.'

연기력만 보면 전부 캐스팅해야 한다. 발성도 마찬가지로 최고 수준이다.

하지만 눈빛만으로 관객의 감정을 끄집어내 주무를 수 있는 배우는 보이지 않았다.

그저 지호는 즐겁게 〈햄릿〉을 감상하고 극장을 나왔다.

'과연 남은 공연들은 다를까?'

그는 이곳에서 배우를 스카우트할 수 있으리라는 확신을 잃고 브로드웨이 밤거리를 달려 호텔로 돌아갔다.

로비에서 키를 받아 방으로 올라간 그때, 전화 한 통이 걸려왔다.

지혜였다.

"아, 누나."

그가 전화를 받자 지혜가 물었다.

―지금 통화 가능해?

"네. 이제 막 숙소에 들어왔어요."

―응. 다른 게 아니고, 연출부 뽑는 스태프 오디션 날짜 알려달라고 난리라서 전화해 봤어.

"누가요?"

─누구긴 누구야? 같이 작업했던 사람들이지. 유태일과 아이들 포함.

조금 곤란했다. 서로 돕기로 한 유태일이야 그렇다 치고 다른 스태프들까지 지원을 하겠다니.

"미국 촬영인데도 다들 상관없대요?"

─해외 촬영 못 해봐서 안달이지. 신지호 감독과 워너 브라더스의 기념비적인 작품을 할 기회라는데 누가 거절하겠어?

"그건 그렇지만……. 모든 지원자를 대상으로 오디션을 진행할 수는 없어요."

─그건 걱정 없을 거야. 유태일 감독 연출부에서도 조명감독 정도만 오디션에 지원하기로 했고, 무보수로 일하겠다고 짐꾼으로 지원한 사람들이 대부분이니까.

"무보수? 짐꾼이요……?"

지호가 당황하자 지혜가 대답했다.

─응. 나도 처음에는 황당했는데 조금 생각해 보니 이해가 가더라고. 현장을 기웃거리면서 최고의 팀이 일하는 모습을 볼 수 있다는 것만 해도 많이 배울 수 있을 거 아니야? 혹시라도 중간에 자리가 나면 합류할 기회가 있을지도 모르는 거고. 그렇게 생각하니까 좋아하는 가수의 공연 보러 외국도 가는데 연출을 꿈꾸는 사람들이 동경하는 현장을 찾아가는 게

뭐가 이상한가 싶기도 하더라.

지호는 어느새 그들에게 우상시되어 가고 있었다. 더욱이 이번 작품은 상상을 초월하는 스케일의 작품. 모두들 지호가 어떤 방식으로 말도 안 되는 장면들을 연출해 낼 것인지 궁금한 것이다.

그 순간 번뜩이는 생각이 스친 지호가 입을 열었다.

"누나나 유태일 선배님, 조명감독님은 제가 초대했으니 비행기 값을 지불해 드릴 수 있지만, 다른 스태프들은 힘들어요. 그래도 정말 만만찮은 비행기 값을 자비로 부담해도 괜찮다는 스태프들이 있다면 한 가지 제안을 전해주세요. 만약 이곳에 오면 숙식은 해결해 준다고요. 보조 출연과 보조 스태프를 동시에 하되 급여는 양쪽 합친 표준 계약 금액으로 지불한다고 말씀해 주세요."

그 말에 지혜가 놀라 물었다.

─처음부터 끝까지 빡세게 뛰면 비행기 값은 마련하겠는데? 정말 괜찮겠어?

"딱 적합한 역할이 있거든요."

지호는 씨익 웃었다.

〈마법의 노래〉에서 황인종으로 묘사되는 부족이 있었기 때문이다. 마침 동양인 보조 연기자들과 보조 스태프들을 찾아야 할 판국이었는데 딱 맞아떨어졌다.

그에 지혜가 대답했다.

─알겠어. 스태프 오디션을 어떤 식으로 진행할지 상상이
안 돼서 다들 긴장하고 있어.

하지만 지호는 형평성을 위해 오디션 내용을 함구했다.

"그것도 오셔서 직접 확인하시면 될 것 같아요."

『기적의 연출』 7권에 계속…

초대형 24시 만화방

신간 100%, 샤워실, 흡연실, 수면실(침대석), 커플석, 세탁기 완비

■ 시흥 정왕25시점 ■

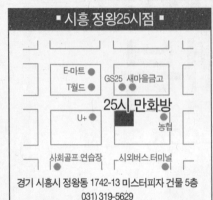

E-마트
T월드
GS25 새마을금고

25시 만화방

U+
농협

사회골프.연습장   시외버스.터미널

경기 시흥시 정왕동 1742-13 미스터피자 건물 5층
031) 319-5629

■ 강북 노원역점 ■

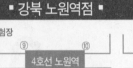
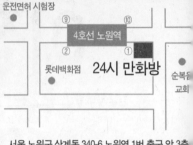

운전면허 시험장

⑨ 4호선 노원역 ⑩

② ①
롯데백화점   24시 만화방   순복음 교회

서울 노원구 상계동 340-6 노원역 1번 출구 앞 3층
02) 951-8324 (화용빌딩 3층)

■ 일산 정발산역점 ■

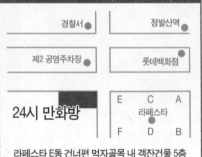

경찰서   정발산역

제2 공영주차장   롯데백화점

24시 만화방

E C A
라페스타
F D B

라페스타 E동 건너편 먹자골목 내 객잔건물 5층
031) 914-1957

■ 일산 화정역점 ■

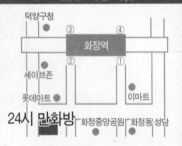

덕양구청

③ ④
화정역

② ①
세이브존

롯데마트   이마트

24시 만화방   화정중앙공원 화정동 성당

경기도 고양시 덕양구 화정동 984번지 서일빌딩 7
031) 979-4874 (서일사우나 건물 7층)

■ 부천 역곡역점 ■

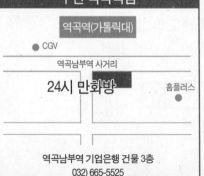

역곡역(가톨릭대)

CGV
역곡남부역 사거리

24시 만화방
홈플러스

역곡남부역 기업은행 건물 3층
032) 665-5525

■ 부평역점 ■

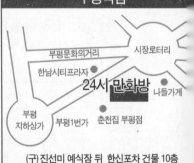

시장로터리
부평문화의거리
한남시티프라자   24시 만화방   나들가게

부평
지하상가   부평1번가   춘천집 부평점

(구) 진선미 예식장 뒤 한신포차 건물 10층
032) 522-2871

이계진입 리로디드

임경배 퓨전 판타지 소설

FUSION FANTASTIC STORY

『권왕전생』 임경배의 2015년 신작!

『이계진입 리로디드』

왕의 심장이 불타 사라질 때,
현세의 운명을 초월한 존재가 이 땅에 강림하리라!

폭군으로부터 이세계를 구원한 지구인 소년 성시한.
부와 명예, 아름다운 연인…
해피엔딩으로 이야기는 끝인 줄 알았건만
그 대가는 지구로의 무참한 추방이었다.
그리고 10년 후……

"내가 돌아왔다! 이 개자식들아."

한 번 세상을 구한 영웅의 이계 '재'진입 이야기!

Book Publishing CHUNGEORAM

유행이 아닌 자유추구 -
WWW.chungeoram.com

FUSION FANTASTIC STORY

텀블러 장편소설

현대 천마록

천하를 호령하고, 전 무림을 통합한
일월신교의 교주 천하랑.
사람들은 그를 천마, 혹은 혈마대제라고 불렀다.

『현대 천마록』

무공의 끝은 불로불사가 되는 것이라 생각했지만
그로서도 자연의 섭리 앞에선 어쩔 수 없었다!

'그렇게 많은 피를 흘렸음에도 불구하고
죽을 때가 되니 남는 것이 없군그래.'

거듭된 고련 끝에 천하랑의 영혼이
존재하지 않게 된 그 순간
그의 영혼은 현세에서 천마로서 눈을 뜬다!

Book Publishing CHUNGEORAM

유행이 아닌 자유추구 -
WWW.chungeoram.com

철순 장편소설

FUSION FANTASTIC STORY

괴물 포식자

지구 곳곳에 나타난 차원의 균열.
그것은 인류에게 종말을 고하는 신호탄이었다.

『괴물 포식자』

괴물을 먹어치우며 성장한 지구 최강의 사내, 신혁돈.
그는 자신의 힘을 두려워한 인류에 의해
인류의 배신자라는 낙인이 찍히고 죽게 되는데…

[잠식이 100%에 달했습니다.]
[히든 피스! 잠들어 있던 피닉스의 심장이 깨어납니다.]

불사의 괴물, 피닉스의 심장은
신혁돈을 15년 전으로 회귀하게 한다.

**먹어라! 그리고 강해져라!
괴물 포식자 신혁돈의 전설이 시작된다!**

Book Publishing CHUNGEORAM

유행이 아닌 자유추구 -
WWW.chungeoram.com

FUSION FANTASTIC STORY

자미소 장편소설

GRAND SLAM
그랜드슬램

2016년의 대미를 장식할 최고의 스포츠 소설!!

Career record : 984W 26L
Career titles : 95
Highest ranking : No.1(387weeks)
Grand Slam Singles results : 23W
Paralympic medal record : Singles Gold(2012, 2016)

약 십 년여를 세계 최고로 군림한 천재 테니스 선수.
경기 내내 그의 몸을 지탱하고 있는 것은…… 휠체어였다.

『그랜드슬램』

휠체어 테니스계의 신, 이영석(32).
그는 정상의 자리에서도 끝없는 갈망에 사로잡혀 있었다.

"걷고 싶다, 뛰고 싶다. …날고 싶다!!"

뛸 수 없던 천재 테니스 선수
그에게, 날개가 달렸다!!!

Book Publishing CHUNGEORAM

유행이 아닌 자유추구-
WWW.chungeoram.com

GAME BALL

게임볼

설경구 장편소설
FUSION FANTASTIC STORY

무명의 야구인이었던 남자,
우진이 펼치는 야구 감독으로서의 화려한 일대기!

『게임볼』

"이 멤버로 우승을 시키라고?"

가상 야구 게임,
게임볼을 통해 인생 역전을 꿈꾸는

한 남자의 뜨거운 행보에 주목하라!

Book Publishing CHUNGEORAM

유행이 아닌 자유추구 -
WWW.chungeoram.com

FUSION
FANTASTIC
STORY

Miracle Direction
서산화 장편소설
기적의 연출

천재 영화감독, 스크린 속 세상을 창조하다!

『기적의 연출』

대문호 신명일과 미모로 손꼽히던 여배우 김희수의 아들 신지호.
일가족은 불운한 사고로 인해 크나큰 비극을 겪는다.
이 사고로 섬광 기억(Flashbulb memory)이라는 능력을 얻게 된 그 순간!
그의 모든 게 달라졌다.

"배우의 혼을 이끌어내고, 관중의 영혼을 붙잡아야 합니다.
그게 제 목표입니다."

완전한 감독을 꿈꾸는 신지호.
이제 그의 영화가, 세상을 홀린다!

Book Publishing CHUNGEORAM

유행이 아닌 자유추구-
WWW.chungeoram.com